세 번째 지구

세 번째 지구

첫판 1쇄 펴낸날 2026년 1월 27일

지은이 조은오
발행인 조한나
편집 박고은 정예림 강민영
디자인 한승연 성윤정 김혜은
마케팅 문창운 김인진 김은희
회계 양여진 김주연

펴낸곳 (주)도서출판 푸른숲
출판등록 2003년 12월 17일 제2003-000032호
주소 서울특별시 마포구 토정로 35-1 2층, 우편번호 04083
전화 02) 6392-7871~7874 **팩스** 02) 6392-7875
인스타그램 @psoopjr **이메일** psoopjr@prunsoop.co.kr
홈페이지 www.prunsoop.co.kr

ISBN 979-11-7254-610-6 44810
978-89-7184-419-9 (세트)

세번째 지구
조은오 장편소설
푸른숲주니어

| 차례 |

7 프롤로그

17 탐사를 시작할 시간

25 이룩

31 프티아

36 딜

47 텅 빈 행성

53 불을 켜는 사람들

61 전임자의 탐사 본부

69 보름, 서쳐 로봇

75 미끼

89 키오를 따라서

97 테라 신드롬

111 꼭 다시 올게요

120 테라가 할 수 있는 일

125 깨진 화분

132 되돌아오는

137 15년, 24번

143 부서진 구명정

152 사고의 끝

162 증거

177 첫불 켜기

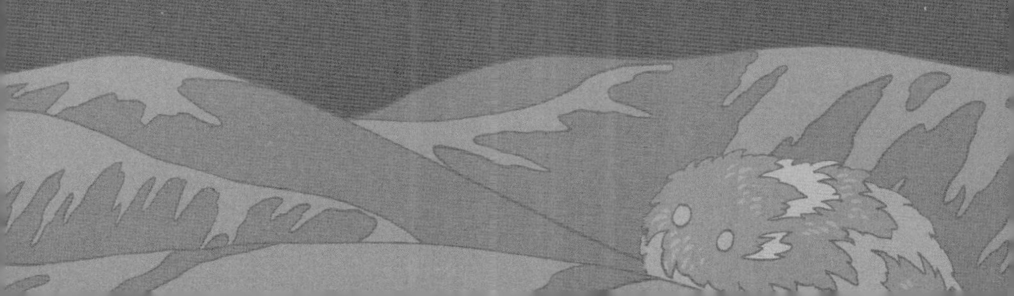

프롤로그

아틀랜틱이 착륙 궤도를 계산했다. 새카만 우주에서 새파란 행성으로. 외계의 땅을 향해서. 가까워질수록 또렷이 보이는 도시가 우리의 목적지였다.

"지금 밀어!"

크게 소리쳤다. 슈란이 조종간을 힘껏 밀었다. 아틀랜틱은 남은 연료를 태우며 요란하게 흔들리더니 하강을 시작했다. 거대한 화산섬의 구석에 놓인 도시를 향해서, 지나치게 정확하게. 하지만 외계 도시 한복판에 우주선을 착륙시킬 수는 없었다.

"돌아, 돌아!"

미겔이 비명처럼 외쳤다. 이를 악물고 조종간을 틀었다. 연료가 얼마 남지 않은 아틀랜틱은 말을 잘 듣지 않았다. 간신히 방향을 틀어 도시를 둘러싼 들판으로 향했다. 우주선 주둥이가 땅을 파고들었고, 흙이 파도처럼 튀어 올라 창문을 뒤덮었다.

숨을 몰아쉬면서 추락의 충격을 흘려보냈다. 조종석 창문 너머로 낯선 행성이 내다보였다. 살았다는 안도감도 잠시, 신경이 날카롭게 곤두섰다. 불안으로 빨라진 내 숨이 보름이의 머리 위로 내려 앉았다. 어깨의 살갗이 따가웠다. 보름이가 순간 발톱으로 움켜쥔 모양이었다.

"미안해."

보름이가 날개를 정리하며 사과했다.

"괜찮아."

보름이의 조그맣고 부드러운 머리를 손가락으로 쓰다듬었다. 나의 소중한 황금 방울새. 나는 보름이를 위해 여기까지 왔다. 조금도 후회하지 않았다.

조종석 화면이 깜박이다가 픽 꺼졌다. 미겔이 자리에서 일어나 우주선의 외벽이 뜯겨 나간 곳으로 향했다. 금속이 벌어진 틈으로 끊긴 전선과 부서진 패널이 보였다. 미겔은 과부화가 온 기계처럼 굳었다. 우리는 한동안 말없이 만신창이가 된 우주선을 쳐다보았다. 두려움이 뒷목을 타고 올라오는 듯했다. 외계 행성에 조난되었다. 내 방의 모습과 고향의 향기가 주마등처럼 스쳐갔다. 돌아갈 수 있을까?

"이걸 어떻게 고치지?"

미겔이 중얼거렸다. 창고에 잔 고장을 대비한 부품이 있기는 했다. 하지만 그 정도로는 부족했다. 미겔은 뛰어난 공학 요원이지만, 재료가 없으면 무슨 소용일까. 이 난장판의 10퍼센트도 고칠 수 없을 것이다.

"괜찮아. 고칠 수 있어. 이까짓 거 별 것도 아니지."

미겔이 한 박자 늦게 자문자답을 하더니, 지나칠 정도로 기운차게 부품 창고로 달려갔다. 현실을 부정하고 있는 것이 분명했다. 슈란이 고개를 저으며 이마를 짚었다.

"일단 나는 대장 상태 좀 보고 올게. 쉬고 계시라고 했는데, 비상 착륙을 해서 놀라셨겠다."

슈란이 비틀거리며 조종실을 나섰다. 나는 자리에서 일어나 가방을 주워 들었다. 창문 너머로 기다란 초록색 식물의 물결이 보였다.

"가방 들고 기다려. 뭐가 나올지 몰라."

윌이 고개를 끄덕이고 조심스레 몸을 숨겼다. 누군가는 밖을 확인해야 했다. 나는 벨트에 꽂힌 총을 더듬어 꺼내었다.

'내가 해야지. 경호 요원이니까.'

외계 행성에 불시착할 거라고는 생각지도 못했다. 하지만 어떻게든 대원들을 지켜 내야 했다. 아카데미에서 보낸 12년이 헛되지 않았다면 해낼 수 있을 터였다. 총을 단단히 쥐고 창문으로 밖을 내다보았다. 고요한 들판이었다. 바람에 풀이 흔들리는 것만 빼면 움직임이 없었다.

그때 윌과 보름이가 비명을 질렀다. 부서진 외벽 틈새로 뭔가 파고들었다. 납작하고 오돌토돌한 분홍색 살점 같았다. 그것이 꿈틀거리며 우리에게 향했다.

“뭐야? 뭔데?”

멀리서 슈란과 미겔이 외쳤다.

“이쪽으로 오지 마!”

윌이 대답했다. 나는 윌을 뒤로 숨기면서 총을 겨누었다. 쏴도 될까? 외계 생물 하나를 쏘았다가 온 도시가 보복하러 오면 어쩌지? 반파된 우주선으로는 도망갈 수도 없는데.

그것이 팔을 훑고 지나갔다. 익숙하게 축축한 감촉. 동물의 혀가 분명했다. 총구가 떨리기 시작했다. 지금 우리를 잡아먹으려는 걸까?

‘내가 먼저 공격해야겠어.’

무서워서 눈물이 날 것 같았지만 눈을 깜박여 말려 버렸다. 반격은 나중에 생각할 수밖에. 방아쇠에 손가락을 올렸다. 기다란 혀가 멈칫하더니 밖으로 빠져나갔다.

‘총을 알아본 건가?’

예상은 바로 빗나갔다. 혀가 훑고 지나가며 다져 놓은 잡초 위로 다른 생물이 모습을 드러냈다. 곳곳이 주황색으로 물든 초록색 피부, 세 겹의 동공, 인간보다 팔다리가 길고 머리가 납작하다. 바짝 마른 몸을 덮은 피부가 기이할 만큼 매끈해 보였다. 외계인이었다. 싸워서 이길 수 있을까?

외계인이 진정시키려는 듯이 혀를 꿈틀거리는 동물을 쓰다듬었다. 회색의 네발 동물이 콧김을 내뿜으며 외계인에게 몸을 비볐다. 외계인의 동공이 날카롭게 축소되었다. 공격하려는 분위기는 아니었다. 나는 천천히 총을 치우고 우주선을 가리켰다.

"부서졌어요. 부서졌어요. 도와주세요."

내 말을 알아들을까? 외계인은 부서진 우주선과 내 입, 내 뒤에서 반쯤 기절한 월을 번갈아 쳐다보았다. 외계인의 시선이 우주선의 외벽에 멈추었다.

아틀랜틱

우주선의 이름이 커다랗게 쓰인 위치였다. 혹시 문자로는 소통할 수 있을까?

"아틀랜틱. 우주선 이름이 아틀랜틱이에요."

나는 희미한 희망을 가지고 외계인에게 한 발자국 다가갔다. 그러자 회색 털의 동물이 번거처럼 혀를 내밀어 나를 감아쥐었다. 옴짝달싹할 수 없었다.

"주언!"

월이 비명을 지르며 내게서 분홍색 혀를 뜯어내려고 달려들었다. 보름이가 날개를 위협적으로 퍼덕이며 동물의 혀를 쪼아 댔다. 혀는 아랑곳 않고 나를 잔뜩 핥아 놓더니 윌에게도 달라붙었다.

외계인은 회색 동물을 말리지 않았다. 대신 우리를 관찰하듯 지그시 보았다. 외계인의 초록색 얼굴이 점점 주황색으로 변해갔다. 마침내 혀가 윌에게서 떨어져 나가자, 외계인이 입을 움직였다.

"테—라."

그가 오묘하게 입속에서 울리는 소리로 말했다. 나는 눈을 휘둥그레 뜨고 반문했다.

"테라?"

외계인이 고개를 마구 끄덕이더니 다시 말했다.

"테—라!"

테라인. 그것은 우리가 스스로를 부르는 이름이었다. 지구에서 이주해 온 유랑민들, 마지막 인간의 무리. 외계인이 우리의 이름을 어떻게 알고 있지?

외계인이 끼릭거렸다. 목구멍에서 나오는 소리였다. 웃는 걸까. 웃는 것이어야 할 텐데. 외계인은 이리저리 발을 떼다가, 다리에 묶인 회색 털 뭉치를 열었다. 그러더니 작은 고리를 꺼냈다. 윌이 어깨를 움츠리며 물러섰다.

외계인은 우리를 번갈아 살피더니, 내게 고리를 건넸다. 말랑

말랑하고 촉촉한 녹색 고리는 콩처럼 둥그런 모양에 한쪽이 뚫려 있었다. 외계인의 손짓을 따라 고리를 귀에 가져다 대니 고리가 귓바퀴에 달라붙었다. 윙윙거리고 끼릭대던 외계인의 소리가 언어로 바뀌었다.

"……면 통역이 됩니다. 들립니까?"

나는 눈을 휘둥그레 떴다.

"왜? 뭔데?"

고리가 없는 윌이 겁먹은 목소리로 물었다. 외계인의 얼굴이 묘하게 일그러졌다. 저것이 웃음인 모양이었다.

"안심하십시오. 이것은 통역기입니다. '재빌린'은 여러분을 해치지 않습니다."

말을 옮겨 주자 윌이 똑같이 눈을 크게 뜬 채로 나를 돌아보았다. 상황을 살피다가 다가온 슈란과 미겔도 비슷한 표정이었다.

"따라오겠습니까? '바하티'에게 데려다주겠습니다."

따라가지 않을 방도가 없었다. 부서진 우주선에서 버틸 수는 없었다. 대장이 부상에서 회복한 지 얼마 되지 않았다. 함부로 움직이면 위험할 테니, 아틀랜틱에서 대장을 지킬 사람도 필요했다. 치열한 공방 끝에 윌과 내가 외계인을 따라가기로 결정했다.

"조심해. 이상하다 싶으면 바로 돌아오고. 뒷수습은 같이 고민해도 되니까, 필요하면 쏴 버려."

슈란이 살벌하게 조언했다.

나는 그럴 일은 생기지 않기를 빌었다.

외계인은 우리를 도시의 중앙, 광장으로 데려갔다. 바닥은 하얀 석재로 깔려 있었다. 뻣뻣한 걸음으로 광장을 가로질렀다. 광장에는 수많은 '재빌린'들이 모여 있었다.

'무슨 생각을 하고 있을까?'

광장의 건너편, 커다랗고 튼튼해 보이는 건물의 입구에 재빌린 한 명이 서서 우리를 기다리고 있었다.

"환영합니다."

그가 크게 외쳤다. 남들보다 덩치가 크고 팔다리가 길쭉했다.

"저거 봐."

윌이 속삭이며 눈으로 재빌린의 가슴팍에 달린 금색 브로치를 가리켰다. 모양이 익숙했다. 우리 탐사국장도 같은 브로치를 달고 있었다.

'이들이 분명해.'

강렬한 깨달음에 손끝이 찌릿거렸다. 멸종을 코앞에 두고 우리의 가장 열성적인 지지자를 발견하다니. 기이한 운명 같았다. 재빌린의 도움을 받는다면, 테라의 최후를 미룰 수 있다.

"테라에서 왔습니까?"

그가 얼굴을 일그러트리며 물었다. 나는 용기를 내어 입을 열었다.

"네. 환대해 주셔서 감사합니다."

감사를 표하듯이 고개를 반쯤 숙였지만 덩치가 큰 재빌린에게서 시선을 돌리지 않았다. 경계를 늦출 수 없었다.

"할 이야기가 많습니다. 들어오십시오."

재빌린이 끼릭대며 손짓했다. 그의 손끝에는 손톱이 없었다. 대신, 골무처럼 굳은살이 박여 있었다. 재빌린이 집무실로 보이는 방으로 이끌었다. 우리는 그의 책상을 가운데에 둔 채 마주 보고 앉았다.

"저는 재빌린의 바하티입니다. 당신들의 이름은 무엇입니까?"

아무래도 '바하티'는 그의 이름이 아니라 직함인 모양이었다. 번역기가 고유 명사를 번역해 주지는 않으니 말이다.

우리는 눈빛을 교환해서 동의했다.

"주언입니다."

"윌입니다."

"만나서 반갑습니다."

바하티가 눈을 반짝이면서 어색하게 손을 내밀었다. 그가 악수에 익숙하지 않으면서 테라의 관습을 따라하고 있다는 직감이 왔다. 바하티가 잠시 끼릭거리더니 말을 이었다. 이제 확신할 수 있었다. 저것이 웃음소리였다.

"여기까지 온 까닭이 무엇입니까?"

나는 윌과 눈을 마주쳤다. 윌은 곤혹스러운 표정이었다. 그럴만도 했다. 이타카를 떠나서 여기로 오기까지, 우리에게 일어난 모든 일들은 도저히 간단하게 설명할 수 없었다.

'어디서부터 시작해야 할까?'

나는 첫 문장을 고르기 위해서 기억을 더듬어 보았다. 나와 윌, 그리고 네 명의 탐사대원이 우주선에 올라탄 날이 바로 어제처럼 생생하게 떠올랐다. 사방에서 울리던 경고음, 모래성처럼 파도에 녹아 가는 섬 마을, 자전거 페달을 밟으면 뜨거울 정도로 아프던 허벅지.

숨을 가다듬고 입을 열었다. 문장들이 틈을 찾은 물살처럼 쏟아지기 시작했다.

탐사를 시작할 시간

자전거의 페달을 밟자 다리가 아파 왔다. 주머니에서는 호출기가 연신 울어 댔다.

탐사대 선발식이 끝나자마자 불려 나가는 나를 쳐다보던 친구들의 표정이 떠올랐다. 얼굴마다 부러움이 묻어 있었다.

"지하 2층으로 오래."

주머니에서 고개를 내민 보름이가 낡은 호출기에 떠오르는 메시지를 읽어 주었다. 조그만 황금 방울새의 동그란 머리통은 손때가 묻어 반질반질했다.

"2층? 1층 소회의실이 아니라?"

옆에서 페달을 밟던 월이 보름이에게 물었다. 보름이가 주머니에서 고개를 끄덕였다. 해수권에 아슬아슬하게 닿아 있는 다리를 건너야만 탐사 본부가 있는 페레즈 섬으로 갈 수 있었다.

건너는 내내 바다가 넘실거려 다리가 흔들렸다. 까딱하면 볼품없이 미끄러져 물에 빠질 수 있었다. '이타카 행성'은 우리에게 목청껏 외치고 있었다. 너희를 오래 참아 주었으니 이제 떠나라고, 아니면 멸종을 각오하라고 말이다.

갑자기 비가 쏟아져 지반이 무너지는 것은 예삿일이었다. 집채만 한 물고기가 낚싯배를 물고 사라지기도 했다. 발톱이 갈고리처럼 생긴 날짐승들이 잔뜩 날아오는 바람에 주민들이 전부 지하로 대피한 적도 있다. 습지가 점점 넓어지며 병을 옮기는 소형 동물과 곤충들이 불어나고, 바닷가의 동굴이 물에 잠기자 육식 박쥐들이 쫓겨 나와 인간의 영역을 넘보았다.

우리는 숨을 몰아쉬며 자전거에서 내렸다. 윌이 끙끙 소리를 내며 무릎을 짚었다. 남은 기운을 끌어 모아서 계단을 내려갔다. 지하 2층 회의실에 벌써 두 명이 앉아 있었다.

"대장, 우리 지금 출발해요?"

나는 열고 들어온 회의실 문이 닫히기도 전에 물었다.

"아직 공지가 없었어."

탐사대장, 노바가 양손으로 깍지를 낀 채로 침착하게 대답했다. 대장도 공지를 받지 못했다면, 아직 출발이 결정되지 않았다는 뜻이었다. 나는 빈 의자에 털썩 주저앉으며 다시 물었다.

"국장님은 어디 계세요?"

"시장님한테 지휘권을 넘겨받으러 가셨어. 오늘부터 이주 기간을 시작한대."

노바가 조용히 말했다. 나는 노바의 침착함에 힘입어서 마음을 가라앉히고, 조심스레 물었다.

"우리 진짜 가요?"

"가야지."

나는 붉은 경고선을 한참 넘어선 해수면을 떠올렸다. 폭풍이 잦아져 고기가 잡히지 않는 로시 섬과 연구실 밖에서 힘없이 시드는 식물들, 줄어드는 식량 배급량을 생각했다.

오래전의 인류는 이 행성을 발견했을 때 정말 기뻐했다. 신화 속 빛나는 영웅이 다스리던 국가의 이름을 따서 행성을 '이타카'라고 부를 정도였다. 하지만 영웅의 후광에 눈이 먼 나머지, 그의 국가는 불모지라는 사실을 간과하고 말았다. 이타카 행성은 빠르게 영광을 잃어 갔다. 지금은 굶지 않는 것만으로도 기적인 정도에 이르렀으니. 다시 탐사를 떠나는 수밖에 없었다.

회의실 문이 벌컥 열렸다. 경쟁하듯이 뛰어온 미겔과 라힘이 숨을 몰아쉬며 동시에 물었다.

"국장님 봤어?"

"국장님은?"

우리는 조용히 손을 들어서 두 사람의 뒤를 가리켰다. 마침 엘리베이터에서 내리던 국장이 열린 문으로 들어왔다.

"시간이 없으니 바로 말씀드리겠습니다."

국장이 제복을 바로잡으면서 자리에 앉았다. 나는 국장의 제복 옷깃에 달린 금색 브로치를 보았다. 본래 시장이 지니는 최고 권력자의 상징을 국장이 달고 있었다.

"두 번째 이주를 공식적으로 시작하겠습니다."

국장이 말했다. 나는 괜히 자세를 바르게 했다. 새로운 세대를 여는 말에 가슴께가 뻐근해졌다.

"지금부터 알려 드리는 정보는 이 방 밖으로 나가서는 안 됩니다."

국장이 가방에서 탭을 꺼내서 원탁 중앙에 놓았다. 열두 자리의 좌표가 화면 가득 떠올라 있었다. 국장은 셔츠의 단추를 하나 풀면서 마른침을 삼키더니 말했다.

"여기가 목적지입니다. 여러분은 이 좌표가 가리키는 곳으로 가서 새로운 행성을 발견하고, 그곳이 생존에 적합한지 재확인하는 일을 하게 될 겁니다."

테이블에 둘러앉은 탐사대원 여섯 명의 턱이 바닥으로 툭 떨어졌다.

"저희가 아카데미에서 배운 탐사와 다른데요. 두 달 동안 주변의 후보 행성들을 돌아다니면서 생존 가능한 행성을 선정해야 하는 것 아닌가요?"

노바가 몸을 앞으로 기울이며 물었다. 나는 고개를 끄덕이면서 국장을 쳐다보았다.

“아닙니다. 첫 번째 이주 때도 우리는 어딘가에서 보낸 좌표를 따라왔습니다. 좌표를 따라가면 인간이 생존할 조건을 갖춘 행성과 도시가 기다리고 있을 겁니다.”

우리가 먼저 행성을 발견하고 그 행성에 도시를 마련하는 게 아니었나? 국장은 낮은 목소리로 말을 이었다.

“우리 이주국에는 직접 새 행성을 발견할 기술력이 없습니다. 좌표를 주는 이들을 우리는 ‘전임자’라고 부릅니다. 비밀을 지켜 주시기를 부탁드립니다.”

노바가 충격받은 표정으로 믐을 제자리에 돌려놓았다.

거짓말의 이유는 어렵지 않게 짐작할 수 있었다. 주민들의 지지를 필요로 하는 막대한 탐사 비용. 모순적이게도 테라의 일상이 힘들어질수록 이주국에 배정되는 예산이 줄어들었다. 지금도 정상적인 기능이 불가능한 수준이었다. 좌표의 존재가 알려지면 예산이 더 줄어들지 몰랐다.

국장이 테이블을 돌면서 요원 한 명 한 명에게 비밀을 엄수하겠다는 약속을 받아 냈다.

“비밀로 하겠습니다.”

나도 약속했다. 국장이 눈에 띄게 안도하면서 주먹을 꾹 쥐었다가 폈다.

“감사합니다. 이제 여러분은 좌표가 가리키는 외계 행성에 가서 조사를 하게 됩니다. 여러 행성에서 조사를 반복하는 대신 딱 하나의 행성에서만 하면 되는 거지요."

국장이 그렇게 말하며 노바와 라힘, 슈란을 돌아보았다. 그들은 탐사의 주인공이었다. 각자 전문 분야를 조사하는 세 명의 학자. 아카데미에서는 이렇게 배웠다.

· 천체물리학자의 1차 조사(비접촉): 착륙해도 괜찮을까?
· 환경생태학자의 2차 조사(반접촉): 우주선 밖으로 나가도 괜찮을까?
· 도시인류학자의 3차 조사(접촉): 여기서 살아도 괜찮을까?

천체물리학자이자 대장인 노바, 환경생태학자이자 부대장인 라힘, 도시인류학자인 슈란이 조사를 할 예정이었다. 나는 세 번의 조사가 끝날 때까지 모든 요원들의 안전을 지키는 일을 했다. 공학 요원인 미겔과 의료 요원인 윌은 나와 함께 세 학자를 지키고 지원하는 역할을 맡았다.

"내일 오전 7시까지 아틀랜틱으로 집합하세요. 8시에 이륙하겠습니다."

모두 고개를 짧게 끄덕였다. 국장이 회의실을 나가자 무거운 침묵이 내려앉았다. 이제 떠나야 했다. 누군가 알려 주었다는 미지의 행성을 향해서.

"대체 누가……."

윌이 중얼거렸다. 모두 같은 생각을 하고 있었다. 대체 누가, 우리에게 행성을 내주는 걸까? 믿기 어려웠다. 오늘에서야 알게 된 정보에 목숨을 걸고 우주를 건너 탐사를 떠나야 한다니.

외계 행성 탐사가 위험하리라는 각오는 했지만, 적어도 테라가 직접 검증한 행성일 거라고 생각했다. 정체 모를 외계인이 아니라 동고동락한 동료 대원들을 믿고 목숨을 걸게 될 줄 알았다. 까마득하지만 튼튼한 계단이 사라지고 미끄럼틀이 나타난 것처럼, 막막한 두려움이 몰려왔다.

그때 슈란이 조심스레 입을 열었다.

"불안한 거 알아요. 하지만 아무런 준비 없이 가는 건 아니에요. 지금까지는 숨겨야 했지만, 사실 저는 아카데미에서 전임자들에 대해서 배웠어요. 그동안 충분히 훈련받았잖아요. 괜찮을 거예요."

긴장감으로 조여들던 가슴이 훅 풀어졌다. 슈란이 알고 있었다니. 슈란은 강하고 유능한 사람이다. 두려움이 옅어졌다.

노바가 자리에서 일어났다.

"그래. 우린 모두 준비됐어. 수천 명 가운데 선발된 여섯 명이잖아. 내가 잘 이끌어 볼게. 서로를 믿고 해내자."

나는 숨을 가다듬었다. 노바의 말이 맞았다. 우리는 충분히 준비했다. 게다가, 턱 끝까지 바닷물이 차오른 우리에게는 시간이 없었다. 산사태가 물러진 지반을 무너트릴 수도, 세찬 폭풍이 지붕을 뜯어낼 수도 있었다. 하루 빨리 새 행성으로 이주해야 했다.

우리는 일제히 자리에서 일어났다. 아카데미에서 12년 동안, 모두 치열하게 훈련해 왔다. 지금은 겁낼 때가 아니었다. 탐사를 시작할 시간이었다.

이룩

테라에게는 두 개의 왕복선이 있다. 테라인 모두를 태울 수 있어 이주에만 사용하는 패시픽, 탐사에 사용하는 10인용 아틀랜틱. 우리는 차례대로 아틀랜틱에 올라탔다. 비행장 반대편에서 패시픽을 점검하던 요원들이 손을 흔들어 주었다. 손을 마주 흔들자 심장이 두근거렸다.

"떨리지? 나도. 너무 설레."

슈란이 속삭였다. 나는 고개를 끄덕였지만, 내 손이 떨리는 이유는 설렘이 아니었다. 슈란은 자랑스레 허리를 펴고 웃음을 지었다. 발사대까지 걸어오는 내내 동경 어린 시선이 모여들었다.

아카데미의 모든 학생들은 탐사대가 되고 싶어 했다. 꿈을 갖고 아카데미에 재입학한 어른들을 보고 자라다 보면 자연스럽게 그렇게 되었다.

하지만 전공을 선택해야 하는 9학년이 되면 현실이 다가왔다. 기수에서 탐사대의 가능성이 보이는 후보가 다섯 손가락으로 좁혀졌다. 대부분은 자신이 탐사대에서 떨어질 거라는 사실을 받아들였다. 나도 원래는 그랬다.

널찍한 아틀랜틱의 내부는 더없이 비현실적이었다. 나는 반쯤 넋을 놓은 채 자리에 앉아서 안전띠를 조였다. 머리는 멈추었지만, 몸은 수없이 훈련한 대로 막힘없이 움직였다.

"1일차, 탐사대 이륙 시작합니다."

노바가 계기판을 눌러서 통신을 시작했다. 탐사의 중요 단계를 밟을 때마다 모든 요원이 직접 음성 보고를 남겨서 본부로 보내야 했다. 우리가 위험에 처했다고 판단하면 본부는 탐사를 중지시킬 것이다. 안심이 되는 동시에 불안했다.

내가 경호를 제대로 하지 못해 탐사가 중단되면 어쩌지?

"1번 요원, 노바. 이상 없습니다."

노바가 말을 맺고 라힘을 돌아보았다.

"2번 요원, 라힘. 이상 없습니다."

라힘이 안전띠를 고쳐 매면서 중얼거렸다. 긴장을 했는지 눈을 부릅뜨는 바람에 눈가에 자리 잡은 주름이 희미해졌다.

슈란이 순서를 이어받았다.

"3번 요원, 슈란. 이상 없습니다."

"4번 요원, 윌."

아틀랜틱이 맥박처럼 진동하기 시작했다. 나는 본능적으로 슈란을 바라보았다. 슈란이 손을 뻗어서 내 손등을 감싸 주었다. 슈란은 우리들 가운데 가장 조종 점수가 높아 조종사를 겸했다.

아틀랜틱은 쉬운 조작이 강점이라고, 슈란이 말했었다. 하지만 나는 납득할 수 없었다. 조종간을 잡을 때마다 손에 땀이 나고 머릿속이 하얘졌다.

슈란이 이륙 단계를 밟기 시작했다. 나는 침을 꿀꺽 삼켰다.

몸이 뒤로 세게 밀렸다. 윌이 숨을 훅 들이쉬었다. 우리는 공중으로 떠오르자마자 정면을 향해 총알처럼 발사되었다.

미겔은 새파랗게 질린 윌을 보고 웃음을 터트렸다.

"기절한 거 아니지?"

"미겔."

노바가 나무라듯이 속삭였다. 라힘과 슈란은 킥킥 웃었지만 나는 웃을 기분이 아니었다. 속도와 중력이 가져오는 압도감에 숨 쉬는 것만으로도 힘들었다.

조종실 창문 너머로 바깥 풍경이 내다보였다. 본부의 옥상이 눈 깜짝할 새에 멀어졌다. 세 개의 섬을 다리로 연결해서 지은 도시도, 도시의 턱 끝까지 차오른 해수면도 까만 점이 되었다.

마침내 우주 공간에 들어서자 아틀랜틱의 속도가 실감나지 않았다. 천천히 공포가 사라졌다.

"아틀랜틱 정상 작동 확인했습니다. 이제 우주복 벗어도 돼요."

노바가 계기판을 확인하고 말했다.

허리띠에 달린 버튼을 꾹 누르자 우주복이 저절로 벗겨지며 허리띠 속으로 사라졌다.

'좋아. 이륙까지는 살아남았어.'

어깨를 부르르 떨면서 생각했다. 월도 작게 안도의 한숨을 내쉬었다. 슈란이 내 손을 놓고 식은땀에 젖은 월의 이마를 딱 두들겼다. 월이 힘없이 웃었다. 그리고 비틀대며 의료실로 향했다.

"5번 요원, 미겔. 이상 없습니다."

미겔이 보고를 마치고 자동 조종 장치를 켰다.

"6번 요원, 주언. 탐사대 이륙 마쳤습니다."

내가 보고를 끝냈다. 노바가 통신을 종료하고 돌아섰다. 마지막으로 슈란이 조종석에서 일어났다.

"수고해."

슈란이 내게 말했다. 아틀랜틱은 낡아서 자동 조종 중에도 가끔 오류가 발생했다. 요원들이 비행 내내 교대로 조종실을 지켜야 했다. 처음은 내 차례였다. 나는 고맙다고 대답하면서 조종석을 뒤로 눕히고 편안한 척 몸에서 힘을 풀었다.

모두가 시야에서 사라진 순간 의자에서 튕겨 일어났다. 우주복 아래에 입고 있던 요원복의 단추를 황급히 풀었다. 보름이가 까만 요원복과 티셔츠 사이에서 고개를 쏙 내밀었다.

"괜찮아?"

"어질어질해."

보름이는 내 허벅지에서 몇 걸음을 걷더니 날개를 파닥여 보았다.

"이륙할 때 압력이 강해서 걱정했어. 어디라도 오작동할 것 같으면 알려 줘야 해."

보름이가 기능을 점검하는지 고개를 한 바퀴 돌리더니 눈을 반짝였다.

"이상 없어."

"좋아. 다행이다."

"여기까지 데리고 와 줘서 고마워. 다른 사람이라면 내가 회수되도록 내버려뒀을지도 몰라. 메모리만 남겨 두면 언제든지 살아나는 거니까."

나는 보름이를 감싸 쥐었다. 당장 보수에 쓸 금속이 아무리 급하다고 해도, 보름이를 해체하도록 내버려둘 수는 없었다. 보름이는 단순한 반려 로봇이 아니라 내 가족이었다.

"언제 돌려줄 줄 알고. 공식적으로는 이주하자마자 재조립할 거라고 했지만, 이주 후에 엔지니어들이 바빠지면 우선순위가

밀릴 게 뻔하잖아. 너 없이 2년, 3년을 살 수는 없어."

보름이가 팔을 타고 다가와서 품에 파고들었다. 부드러운 목깃을 쓰다듬자 나지막이 지저귀었다. 보름이를 조종석의 손잡이에 앉히고 함께 우주선이 나아가는 곳을 바라보았다.

"여기까지 오게 될 줄은 몰랐어."

우주를 바라보며 멍하니 중얼거렸다.

나는 아카데미를 졸업하면 로시 섬의 어업단에 들어가려고 했다. 포획량은 형편없지만, 어류가 거의 유일한 식량인 만큼 중요한 일이다. 체력이 필수인 데다가 선박을 다룰 줄 알아야 해서 아카데미 졸업생을 많이 채용했다. 내 적성에도 맞았다.

그러니까 처음부터 탐사대가 될 생각은 없었다.

"내가 도와줄게."

보름이가 다정히 머리를 비벼 왔다.

낡은 쇳덩이 안에서 앞으로 두 달이라. 같은 크기의 별관에서 합숙 훈련을 받았지만 답답함이 사라지지는 않았다.

"그래도 별관보다는 훨씬 낫네."

"맞아. 거긴 감옥이었어."

보름이가 재잘댔다.

다리를 쭉 펴고 눕자 시야 가득히 우주가 담겼다. 감은 눈꺼풀을 뚫는 광선 같은 별들, 깊은 바다 속 같은 우주 공간. 하루 종일 쳐다보아도 질리지 않을 듯한 무한함이었다.

프티아

“1차 조사 결과를 최종 보고합니다.”

좌표가 가리키는 행성 앞에 도착한 지 사흘째 되는 날, 노바 대장이 무전기를 잡았다. 우리는 숨을 죽이고 노바의 입만 쳐다보았다.

천체물리학 강의 때문에 지새운 밤이 헛되지 않았는지 노바의 보고를 잘 이해할 수 있었다. 주변의 항성, 위성, 지구와 비슷한 기압, 중력, 질량.

“비접촉조사 결과 착륙 가능합니다.”

명쾌한 결론이었다. 우리는 흥분을 감추지 않고 환호했다. 본부 쪽에서도 비슷한 소리가 들렸다. 슈란이 노바를 열렬한 눈빛으로 쳐다보았다. 제발 착륙을 허락해 달라는 표정이었다. 슈란은 한 달 전부터 우주선이 답답하다며 우울해했다. 노바가 한숨 쉬듯이 웃었다.

"1번 요원, 노바. 착륙을 허가합니다."

슈란이 환호하며 조종석에 앉았다. 그리고 바로 미리 만들어 둔 디지털 영상 지도를 불러왔다. 조종석의 창문에 낯선 지형이 가득한 행성의 이미지가 떠올랐다.

"수고하셨어요."

월이 노바의 어깨를 톡 건드리며 말했다.

"고생하셨어요."

"수고하셨어요, 대장님."

나머지 사람들도 돌아가면서 노바에게 인사를 건넸다. 노바는 여전히 떨리는지 양손을 꼭 마주잡았다.

"대기권에 진입합니다."

슈란이 조종간을 기울였다. 아틀랜틱이 앞으로 서서히 쏠렸다. 슈란은 노바가 미리 입력해 둔 궤도를 따라서 아틀랜틱을 몰았다. 혹여나 궤도에서 벗어날까 봐 한껏 집중하고 있었다. 알록달록한 행성의 표면에 가까워질수록 선체가 덜컹였다. 아틀랜틱이 서서히 고도를 낮추더니 지표 가까이에서 운행을 시작했다.

조종석의 캐노피를 통해서 키가 큰 나무들이 보였다. 행성에 생명이 가득했다. 만성적인 식량 부족에 시달리던 테라에게는 반가운 풍경이었다.

“착륙하겠습니다.”

아틀랜틱이 파도처럼 다가온 산을 훌쩍 넘어섰다. 몸이 뒤로 홱 당겨졌다가 앞으로 기울어진 순간, 도시의 풍경이 눈앞으로 밀려왔다.

“와!”

누군가 탄성을 외쳤다. 바위산들에게 안기듯 빙 둘러싸인 작은 도시가 보였다. 콘크리트 건물들이 작은 호수를 둘러싼 채 원을 그리고 있었다. 호수의 주변으로 들판이 잠시 뻗어 나갔지만, 녹색 잉크가 부족해진 듯 황무지로 변했다. 도시와 산맥의 사이는 전부 살풍경한 황무지였다.

전임자들은 왜 방금 지나친 정글이 아니라 황무지에 정착했을까? 이곳에는 농지도 바다도 풍성한 숲도 없었다. 슈란이 석연치 않다는 표정으로 지나온 정글과 도시를 번갈아 보았다. 전임자들은 어쩌면 우리와 다른 것을 먹고 지냈는지도 몰랐다.

슈란은 아틀랜틱을 도시에서 멀지 않은 공터에 착륙시켰다.

“착륙 후 보고합니다. 1번 요원, 노바.”

노바는 라힘이 이어서 보고하기를 기다렸지만 대답이 돌아오지 않았다.

“라힘. 보고하세요.”

노바가 재촉했지만 라힘은 밖을 멍하니 내다보았다. 노바의 목소리를 전혀 듣지 못한 표정이었다. 라힘만 그런 건 아니었다. 우리 모두 조종실 캐노피를 뚫어져라 쳐다보고 있었다.

바깥은 온통 노을이었다. 빨간 항성이 산봉우리 너머로 막 넘어가고 있었다. 테라와 대기 조성이 비슷한 덕분에 도시가 익숙한 붉은색이었다. 저녁 빛이 건물과 가로수 사이로 흘러들어 도로를 비추었다.

"아름답네요."

윌이 중얼거렸다. 우리는 말없이 동의했다. 이타카에서 미리 받아 둔 이름과 더없이 잘 어울리는 풍경이었다. 이곳은 풍요로운 빛과 따뜻한 땅을 가졌다.

신화를 아는 테라인은 많지 않다. 역사도 대부분 소실되었다. 하지만 살아남은 이야기도 있다. 신화를 기억하고 물려받는 사람들이 행성의 이름을 짓는다.

새 행성은 온화하고 자비로운 땅의 이름을 받았다. 시대를 빛낸 눈부신 영웅이 탄생한 곳, 작고 소박하지만 먹고 마실 것이 풍부하던 나라.

"프티아."

윌이 중얼거렸다. 우리가 앞으로 살아갈 새로운 터전의 이름이었다.

착륙 후 보고를 마친 뒤, 모두의 시선이 자연스레 2차 조사자

라힘에게 향했다. 나도 예외는 아니었다.

'이 철가방 속에서 더는 못 살아.'

환경생태학자가 2차 조사를 마치고 이주 가능 판단을 내려야만 요원들이 아틀랜틱 밖으로 나갈 수 있었다.

답답한 건 마찬가지였는지 라힘이 서둘러 연구실로 들어갔다. 라힘의 무인 탐사선이 쏜살같이 아틀랜틱을 빠져나갔다.

딜

우주선에 갇혀 비행하는 일주일 동안, 나는 그보다 더 끔찍한 시간은 겪지 못할 거라고 생각했다. 굉장한 오산이었다. 비행하지 않는 우주선이야말로 최악이었다.

처음에는 어렵지 않았다. 우리는 어느 곳에 이름을 남기고 싶은지 생각하며 시간을 보냈다. 행성에 이름을 남기는 것은 테라 최고의 영예였다. 이타카의 세 섬 오스만, 페레즈, 로시도 탐사대원의 이름을 딴 것이었다.

프티아에 있을지 없을지 모르는 화산에까지 이름을 붙이고 나자 무료함이 찾아왔다. 애초에 상성이 좋지 않던 슈란과 미겔이 치고받기 시작했다. 동갑내기인 두 사람의 입씨름도 아틀랜틱의 좁은 선내도 지겨워졌다. 바깥으로 나가고 싶었다.

2차 조사를 마친 라힘이 연구실에서 뛰쳐나온 순간, 우리는 누가 먼저랄 것도 없이 괴성을 질렀다.

“드디어!”

“끝났어요?”

“나가요?”

평소라면 서로의 머리를 잡아 뽑을 기세로 끝장을 보았을 설거지 내기용 카드들이 바닥으로 후두둑 떨어졌다.

“끝! 이주 가능!”

눈 밑이 새카매진 라힘이 외쳤다. 우리는 주먹을 불끈 쥐었다. 그리고 약속이라도 한 듯 슈란을 향해 시선을 모았다. 3차 조사를 시작하는 시점은 담당자 슈란이 결정했다.

“내일 나가자. 내일.”

슈란은 우리를 달래듯이 말했다.

“왜?”

미겔이 절규처럼 외쳤다. 슈란은 미안하다는 듯이 창밖을 가리켰다.

“해가 졌잖아.”

미겔이 얼굴을 감싸며 어깨를 늘어뜨렸다. 대원들이 서로의 등을 도닥이며 각자의 방으로 돌아갔다.

나도 어스름이 앉은 창문에서 시선을 떼고 돌아서는데, 별안간 심장이 빠르게 뛰기 시작했다. 익숙한 감정이었다. 이륙 전에, 아카데미 입학식에서, 입학 시험지를 받아드는 순간 느꼈던 불안이 우주까지 나를 따라왔다. 슈란의 말이 내 가슴을 쿵 때렸다.

'내일 나가자. 내일.'

방으로 돌아와 숨을 깊게 들이쉬었다. 이제 내 차례였다. 아틀랜틱에서 나가는 순간부터 우리를 기다리고 있을 외계 행성의 위협과 맞서 싸워야 했다.

라힘이 조사차 내보낸 드론과 무인 탐사선들이 도시를 둘러싼 울타리를 발견했다. 울타리에는 독하고 뜨거운 공기를 내뿜어 위협적인 생물의 접근을 막는 노즐이 달려 있었다.

하지만 도심을 사전 답사한 결과, 안에 400킬로그램은 나갈 듯한 포유류가 여러 마리 있었다. 흰색과 갈색 줄무늬 털에 가죽이 두꺼운 앞발을 가진 네발짐승이었다. 영역을 지키던 전임자들이 사라지니, 먹이를 찾아서인지 호기심이 일어서인지 울타리를 부수고 들어간 듯했다. 그 외에도 크고 작은 네발짐승과 이가 날카로운 날짐승들이 도시 곳곳에 도사리고 있었다.

맹세컨대, 나는 여기까지 올 생각은 없었다. 연고가 없는 어린아이들은 무상으로 아카데미에서 자랐다. 이주할 일이 생기면 봉사할 의무를 가졌다. 그게 전부였다. 탐사대가 될 필요는 없었다.

하지만 보름이를 무사히 숨겨야 했다. 짐의 무게를 그램 단위로 감시하는 일반 이주를 한다면 분명히 들킬 터였다. 아카데미의 기숙사 방에서만 살아온 내게는 보름이를 숨겨 줄 지인도 없었다.

그러니 한 가지 방법뿐이었다. 어떻게든 탐사대에 선발되어서, 보름이를 새 행성에 일찍 숨겨야 했다. 탐사가 끝나도 나는 이주를 준비하며 이곳에 머무를 수 있었다. 해체를 면한 보름이와 함께 말이다.

'내가 정말 할 수 있을까?'

불안함이 마음 깊은 곳에서 고개를 들었다가 사라졌다. 탐사대에 지원한 건 내 결정이었지만, 이제 나 혼자만의 문제는 아니었다. 보름이, 그리고 테라에서 우리를 기다리는 수많은 사람들을 위해서 성공해야 했다.

나는 계획이 되다 못한 개요들을 책상에 던져 놓고 손바닥으로 얼굴을 감쌌다. 슈란과 라힘이 예상한 위기 상황에 대비해 탐사 대형을 짜는 것. 오늘 할 일은 그것이 전부였다.

한숨이 저절로 밀려 나왔다. 나는 보고서 뭉텅이를 붙잡고 책상에 이마를 박았다. 보름이가 삑삑대며 침대에서 튕겨 올랐다.

"미안해. 막막해서 그랬어."

웅얼웅얼 말했더니 보름이가 쪼르르 날아와 책상에 앉았다.

"뭐가 어려운데? 내가 도와줄게."

보름이는 기능이 뛰어난 로봇이다. 하지만 지금 나를 도와줄 수 있는 건 지식이 아니었다.

"내가 뽑히면 안 되는 거였을지도 몰라. 나보다 훨씬 나은 요원들이 엄청나게 많았는데. 내가 실수하면 어떡해? 너를 숨길 방법을 좀 더 고민해 봤어야 했어. 탐사대가 되는 것 말고 방법이 있었을지도 모르잖아."

아카데미는 수천 명의 졸업생을 배출했다. 그 중 전공별로 역량이 뛰어난 여섯 명만이 탐사대로 선발되었다. 선발이 거의 확실시되었던 대부분의 동료들과는 달리, 나의 선발은 아무도 예상하지 못했다. 나는 보름이를 숨기겠다는 일념으로 시험 준비에 몰입했고 모든 시험에서 만점을 받으면서 가까스로 선발되었다.

탐사대 발표식이 이루어진 아카데미 강당의 분위기를 잊을 수 없었다. 경호 요원이 될 거라고 점쳐지던 막강한 후보들이 정복을 차려입고 발표를 기다리던 실내의 온도를 기억했다. 명백하게 긴장했는데도 꿋꿋이 가슴을 펴고 웃던 이들의 얼굴에서 미소가 사라지던 순간도 기억했다.

당시 나는 보름이를 살려 냈다는 안도감에 젖어서 죄책감을 느끼지 못했다. 테라로부터 더 유능한 경호 요원을 빼앗았다는 죄책감 말이다.

"나보다 훌륭한 사람들이었을 거야. 적어도 막 졸업한 열여덟 살보다는 유능하지 않았을까?"

"그랬을 수도 있지. 경찰이었던 사람도 있었고, 노바랑 라힘의 친구인 사람도 있었잖아. 그 사람들 전부 너보다 나이가 열 살은 많았고."

보름이가 지저귀었다. 위로를 해 줄 거라고 생각했는데. 나는 냉혹한 반려 로봇을 손가락으로 툭 밀어냈다.

"하지만 네가 뽑혔잖아. 탐사국은 바보가 아니야. 네가 더 잘할 거라고 생각했으니까 널 뽑았겠지. 이제 땅은 그만 파고, 이거나 봐."

보름이가 명쾌하게 쏘아붙이더니 부리로 보고서를 물어다가 책상에 펼쳐 놓았다. 모든 요원의 신체 능력을 기록한 보고서였다. 다섯 명의 동료들은 모두 서 가지의 총기를 다룰 줄 알고, 맨손 격투, 조난 대처, 그리고 이틀 이상의 행군을 할 수 있었다.

"좋아. 탐사 중에 맞닥트릴 스 있는 위험은 크게 세 가지랬어. 독성이나 공격성이 강한 외계 생물, 갑작스러운 기후 재해, 싱크홀이나 크레바스 같은 위험 지형."

"그것만으로는 불안한 거지?"

"맞아. 이제 더 고려해야 할 게 생겼으니까."

나는 노바의 보고서 뒤에 새로 고려해야 할 것들을 적어 내리기 시작했다.

"낙후된 도시가 위험해지는 경우를 생각해야 해. 건물이 무너진다거나."

"계단이나 다리가 있으면 조심해야겠다."

보름이가 한마디를 거들었다. 계단과 다리. 펜을 부지런히 놀려 받아 적었다.

"우리가 모르는 기술이나 시설이 있을지도 몰라. 함부로 접근해서 작동시키지 않도록 주의해야 할 거고."

"보안 시설이 도심에 더 있을지도 몰라. 우리가 유해 동물을 쫓을 때 쓰는 전기 충격기 같은 거."

"내일 아침에 대원들 전체를 대상으로 안내를 해야겠다. 말해둬야 할 게 많아."

보름이가 꽁지깃을 쫑긋거리며 동의했다.

낙오자가 생기면 조사가 일시 중단되었다. 우리를 기다리는 테라인들을 실망시켜서는 안 된다.

수십 개의 시나리오가 떠올랐다. 누군가 다쳐서 움직일 수 없게 된다면? 아카데미는 우리에게 들것을 만드는 방법을 가르치고 구급상자를 주었다. 하지만 세 명 이상이 다치면 어쩌지? 구급상자가 손상된다면? 전원이 싱크홀에 빠진다면? 목이 바짝바짝 탔다.

"물 한 잔만 떠올게."

"응."

보름이가 구겨진 이불 틈으로 모습을 감추었다. 동그랗고 귀여운 노란 머리를 쓰다듬으려다가, 참고 일어섰다.

부엌에서 물을 떠 돌아오는데 의료실 불이 켜져 있었다. 벌써 한밤중에 가까운 시간인데. 의료실의 문을 열자 윌이 화들짝 놀라 일어섰다. 의료용 포드를 점검하던 중인 것 같았다. 포드는 병원에서 빌려 온 종합 의료 장치로, 선박 사고나 폭발 사고를 당한 환자들도 살려 내는 기계였다.

"뭐해?"

씩 웃으며 묻자 윌은 포드를 짚으며 뒷머리를 쓸어내렸다.

"아니, 혹시 모르잖아. 내일 포드가 필요하게 될 수도 있지."

"포드는 일주일에 한 번씩 점검하잖아?"

"그렇지."

"여기까지 오는 길에 사용한 적 없으니까, 고장 날 겨를도 없었을 거고."

"맞아."

"그런데 왜 또 점검을 하고 있어?"

점점 어색해지는 윌의 표정에 나는 웃음을 터트렸다. 윌은 멋쩍게 눈을 굴리더니 포드에 걸터앉았다.

"불안해서. 정말 외계 행성에 나간다고 생각하니까, 좀 무섭기도 하고. 내일 누군가 부상을 입었는데 포드가 고장 나 있으면 큰일이잖아."

윌이 민망한 듯이 본인의 팔을 쓰다듬었다.

아카데미를 일찍졸업한 다른 요원들은 적어도 5년 넘게 아카데미에서 익힌 훈련 일정에 따라 살아왔다.

낮에는 일을 하고, 해가 지면 체력 단련을 하거나 호신 훈련을 했을 것이다. 졸업 후 10년 안에는 언제든지 탐사대로 선발될 수 있으니 말이다. 지난 10년 동안 아카데미의 연구원으로 지냈던 노바도 요원복 아래가 근육으로 가득했다.

하지만 나와 윌은 아카데미를 막 졸업했다. 다른 요원들만큼 훈련에 능숙하지도 체력이 좋지도 않았다. 나는 명색이 경호 요원이니 예외라고 친다면 윌이 우리 중에 가장 체력이 약한 셈이었다. 내가 이 행성의 포식자라면, 윌이 혼자 남겨질 때를 노릴 것이다.

"네가 다칠 것 같아?"

윌이 애매하게 어깨를 으쓱였다. 부정도 아니고 긍정도 아니었다. 자신이 다칠까 봐 두려운 게 아니라면, 부상 입은 동료를 제대로 고쳐 놓을 자신이 없는 걸까.

쟁쟁한 후보들을 제치고 선발된 것은 윌도 마찬가지였다. 종합 병원의 베테랑 의료인들 중에도 아카데미 졸업생이 많으니, 그들 중 한 명이 선발될 거라는 예상이 많았다. 하지만 탐사 본부는 아카데미에 재학하는 내내 응급 구조사로 지원을 다니던 윌의 경력을 더 높게 샀다.

포드를 쉴 새 없이 두드리는 윌을 보고 있으니 걱정이 전염되는 듯했다. 문득 대화를 그만두고 싶어졌다. 내가 느끼는 불안만으로도 충분히 버거웠다. 월의 마음까지 살피고 싶지는 않았다. 월의 걱정은 월이 해결하게 내버려두면 어떨까. 이불에 파묻혀 누워 있으면 보름이가 '괜찮아' 메들리를 불러 줄 방으로 돌아가고 싶었다. 훨씬 쉬운 일이었다.

하지만 돌아서고 싶어서 흔들리던 발끝을 억지로 멈추었다. 월의 옆에 앉았다.

"네가 다친다는 건 내가 실수한다는 건데. 그런 일이 생기면 안 되지 않을까?"

월은 뒤통수를 맞은 표정이었다. 그렇게는 생각해 보지 않은 모양이었다.

"그런 뜻은 아니었어. 당연히 너를 믿지. 네가 12년간 때려눕힌 사람의 수는 내가 제일 잘 아는데."

그리고 황급히 손을 내저으며 말을 이었다.

"행성이 무서워서 그래. 외계 행성이잖아. 뭐가 튀어나올지 모르고. 난 돌발 상황이 정말 싫어. 너도 알겠지만."

"알지."

"갑자기 하늘에서 칼날이라도 쏟아질 것 같아. 반응이 제일 늦는 건 나일 텐데, 그럼 날 챙기다가 다른 사람들이 다치겠지. 높은 확률로 네가. 그 생각이 자꾸 들어서 잠이 안 와."

"대처를 못할 정도는 아닐 거야. 라힘이 조사 결과 보고하는 거 들었잖아. 칼날 소나기 이야기는 없었던 것 같은데, 내가 제대로 기억하고 있다면."

윌이 눈꼬리를 내리면서 푸스스 웃었다. 몸에서 긴장이 빠져나가는 것이 보였다. 윌의 어깨가 편안하게 내려앉을수록 내 뱃속에 잔뜩 뭉쳐 있던 불안 덩어리도 사라졌다.

"이렇게 하면 어때. 난 네가 살려 내 줄 거라고 믿고 싸울 테니까, 넌 내가 지켜 줄 거라고 믿고 쫄지 않는 걸로."

윌이 바닥을 보면서 고개를 끄덕였다. 포드를 두드리던 손가락을 멈추고 이제 두 손을 포개어 잡았다. 바닥에 닿지 않는 다리를 편안하게 달랑거렸다.

"딜?"

어깨로 윌의 어깨를 툭 밀면서 물었다.

"딜."

윌이 살짝 어깨를 부딪쳐 왔다. 한순간 전해진 체온이 온몸을 타고 번져 발끝까지 따스해졌다. 아무 사고도 나지 않는다는 보장은 아직도 없었다. 하지만 괜찮을 것 같았다. 문제가 생긴다면 해결할 수 있다. 윌이 도와줄 테니까.

텅 빈 행성

“미겔, 당겨.”

노바가 나지막이 불렀다. 미겔이 측면으로 팔을 뻗어서 레버를 당겼다. 문이 열리자마자 싱그러운 공기가 화악 밀려들었다. 봄 냄새였다. 나무와 풀의 향기가 공기 생성기의 비린 냄새를 밀어내고 코를 가득 메웠다. 가슴이 뿌듯하게 차올랐다.

우리는 도시를 향해서 걸어 나갔다. 도시로 가는 길에는 볕을 막을 그늘이 없었다. 눈이 부셔서 해를 가리고 싶었지만 지도를 들어야 했다.

“당분간은 이쪽으로 직진할게요.”

“얼마나?”

항공 사진으로 만든 지도를 보며 시간을 짐작해 보았다. 슈란이 살펴보아야 할 장소를 표시해 두었다.

오늘 확인할 곳은 슈란의 예상대로라면 '발전소'라는 커다란 건물, 도시 중앙의 호수, 그리고 지하 공간이 우주선 발사대와 연결되는 또 다른 건물이었다. 슈란은 그곳이 전임자들의 탐사 본부일 거라고 했다. 도시로 들어가면 이동 경로의 폭이 넓지 않아서 두 명씩 나란히 서야 했다.

'슈란은 전임자들에 대해 얼마나 알고 있을까?'

도시인류학 시간에 우리는 도시를 운영하는 방법을 배웠다. 나는 그 수업이 이주 기간의 막바지에 찾아오는 '적응 단계'를 위해서라고 생각했다. 이주 요원들이 공무원들을 대신해 도시를 운영하는 기간이었다.

하지만 아카데미가 도시인류학 전공자에게는 전임자들의 존재를 알려 준 모양이었다. 슈란은 7교시마다 전임자들이 남겨 준 도시를 조사해서 의식주를 파악하고 건물을 활용할 계획을 세우는 법을 배웠다고 말했다.

"앞으로 15분이요."

도시에 닿으려면 멀었다. 아틀랜틱을 도시에 너무 가깝게 대지 않기로 했다. 무슨 일이 생길지 모르는데 아틀랜틱을 가까이 댔다가는 사고가 났을 때 발이 묶일 수 있기 때문이다.

짊어진 가방과 등 사이로 슬슬 땀이 흐르기 시작했다. 기세 좋게 출발할 때의 들뜸은 가라앉고 숨을 몰아쉬는 소리만 남았다.

다행히 도시의 외곽으로 들어오자 그늘이 드리웠다. 우리는 콘크리트 건물의 그늘을 따라 걸었다. 건물을 감싼 식물들은 이파리도 열매도 없이 가지만 앙상한 덩굴이었다. 길에는 잡초가 가득했다. 바짝 마른 노란 풀들이 이곳에서도 배불리 먹을 생각은 버리라고 말하는 듯했다.

"고향 행성에는 도시가 많았다고 배웠던 거 기억나세요? 3학년이었던가, 저학년 때 사진을 노면서 배웠는데."

미겔이 옆에 선 노바에게 물었다. 노바가 흥미롭게 주변을 살피다가 고개를 돌렸다.

"그랬지. 하지만 이런 느낌은 아니었어. 훨씬 높고, 건물이 크고, 한마디로……."

"덜 폐허 같았어요."

내가 말했다. 노바는 씩 웃으면서 고개를 끄덕였다. 높이서, 멀리서 본 도시는 제법 멀쩡한 실루엣을 자랑했지만 내부는 달랐다.

잡다한 물건들이 아무 곳에나 나뒹굴고 있었다. 이상하게도 보통 야외에서는 보기 힘든 물건이었다. 옷가지인 듯한 천 조각이 나뭇가지에서 흔들렸고, 베개처럼 보이는 천 뭉텅이가 길가에 굴러다녔다. 급하게 떠난 흔적이었다.

"언니."

나는 자꾸 대형에서 벗어나는 슈란의 소매를 붙잡았다. 슈란이 자꾸 열린 문으로 다가가려고 했다.

“아, 미안. 신기한 게 너무 많아. 저기 나무에 걸려 있는 거, 너한테도 옷으로 보이지? 전임자들은 우리랑 신체 크기가 비슷하다고 배웠어. 우리한테 남겨 주고 가는 건물 높이도 그렇고, 가끔 발견되는 물건들이…….”

슈란은 넋을 잃은 듯 끝없이 중얼거리다가 갑자기 입을 다물고 생각에 잠기기도 하면서 비틀비틀 나아갔다.

도시인류학반은 학기말 전공 시험의 악명이 자자해 한 기수에 열 명을 넘기는 일이 뜸했고 대부분 괴짜였다. 나는 슈란에게는 도시인류학반 특유의 느낌이 없다고 생각했다. 하지만 오늘 보니 슈란도 예외가 아니었다. 저렇게 자기만의 세계에 빠져 있다니. 나는 슈란의 손목을 쥐고 걸음을 서둘렀다.

가장 먼저 도착한 곳은 도시 외곽에 위치한 발전소였다. 발전소는 하얗고 커다란 콘크리트 건물이었다. 잠기지 않은 정문을 열자 바닥의 잎사귀들이 쓸려 갔다.

건물 안에는 커다란 장치들이 가득했다. 슈란의 말대로, 우리의 눈높이에 알 수 없는 버튼들과 화면들이 위치해 있었다. 전임자들은 우리와 비슷한 크기의 생명체일 것이다.

공학 요원 미겔이 미간을 찡그린 채로 커다란 장치들을 노려보다가 고개를 저었다.

"모르겠어요. 어떻게 사용하는 건지 감도 안 와요."

미겔과 함께 계기판을 들여다보던 라힘이 곤란하다는 듯이 뒷목을 문질렀다.

"터빈 비슷한 거라도 보이면 짐작할 수 있겠는데. 우리는 계속 터빈을 써 왔거든."

"터빈을 안 쓰는 방식이 가능한가요?"

"글쎄. 이거, 우리가 모르는 발전 방식일까?"

미겔과 라힘의 토론이 길어졌다. 노바가 토론에 끼어들었고, 공학에는 문외한인 월은 어색한 걸음으로 발전실의 곳곳을 둘러보았다.

슈란은 혼자서 외곽에 있는 방에 들어가 책상과 서랍장을 뒤지더니, 잔뜩 흥분해서 책자를 하나 가져왔다.

"이거 봐. 종이를 묶었어. 우리가 만드는 책이랑 구조가 똑같지? 종이도 식물로 만든 거야."

책자를 펼치자 알 수 없는 문자들이 깨알 같은 크기로 적혀 있었다. 진한 보라색 잉크는 식물에서 뽑아냈는지 묘하게 씁쓸하고 푸릇한 냄새를 풍겼다.

"이게 뭔데? 언니, 이거 읽을 수 있어?"

슈란이 당연하다는 듯이 어깨를 들썩이며 대답했다.

"설명서야."

"뭐? 어떻게 알아?"

"아카데미에서 배웠지. 전임자들의 물건이 종종 발견돼. 발견할 때마다 비밀리에 수집해서 연구하고. 문서들도 많이 발견됐어. 십 년 넘게 달라붙어서 문자 체계를 해독했지. 이제 웬만한 건 다 읽을 수 있어."

"다른 사람들한테 말하고 싶지는 않았어? 언니가 뭘 연구하는지에 대해서?"

슈란이 웃음을 터트리며 내 어깨를 탕탕 내리쳤다. 후련한 표정이었다.

"당연하지! 너한테 엄청 많이 말할 거니까 기대해. 이제 너도 공범이야."

슈란은 어깨를 부여잡은 나를 뒤로하고 토론을 넘어 논쟁을 시작한 세 사람에게 설명서의 존재를 알렸다. 그들은 허탈한 표정으로 말을 멈추었다.

"제가 해석하다가 기술적으로 이해가 안 되는 부분이 생기면 여쭤볼게요."

슈란의 말에 라힘과 미겔이 힘차게 고개를 끄덕였다.

곧 이동해야 했다. 한 장소에 필요 이상으로 오래 머물러선 안 됐다. 기척을 느낀 생물들이 모여들 수도 있었다.

구석에 앉아 있는 월을 붙잡아 일으켰다. 멀지 않은 곳에 호수가 있었다.

불을 켜는 사람들

호수의 물 냄새가 가까워졌다. 탁 트인 공간에 너무 오래 머무르고 싶지 않았다. 불과 몇 초 전에 거대한 새가 푸드덕대며 머리 위를 스쳐 지나가는 바람에 방아쇠까지 올라갔던 손가락을 억지로 제자리에 내려놓은 참이었다. 새는 기겁한 우리를 놀리듯이 평화롭게 멀어져 갔다. 보름이와 별반 다르지 않은 노란색이었다.

보름이는 아틀랜틱에서 안전하겠지? 무언가가 아틀랜틱을 거대한 바위 동굴로 착각하고 갈기갈기 부순 뒤 보름이를 물고 도망치는 상상이 머릿속을 떠나지 않았다.

"주언, 주언."

슈란이 내 소매를 당겼다. 놀라서 총을 반쯤 꺼내다가 멈추었다.

"미안. 여기에 들렀다가 가도 돼?"

슈란이 지도에서 붉은 펜으로 표시한 건물을 가리키며 물었다. 멀지 않은 곳에 있었다.

"날짜별로 정해진 장소만 살펴보기로 했잖아. 내가 안전하다고 생각하는 순서대로. 여기는 건물이 엄청 빽빽하고 길이 좁아서 위험해. 아까 새보다 훨씬 위험한 동물들이 숨어 있을 수도 있어."

"알아. 약속했지. 그런데 여기가 생각보다 중요한 건물인 것 같아. 저쪽에 수도 시설이 있어."

"수도 시설?"

슈란은 의식주에 직접 관련되는 시설을 조사하는 것이 최우선순위라고 했다. 대장이 고민 끝에 허락했다.

총구를 앞세워 들어간 건물은 거대한 농장이었다. 투박한 구조물이 줄 맞추어 세워져 있었고, 구조물마다 푸릇한 식물들이 자랐다. 우리는 입을 딱 벌리고 무성한 이파리를 헤치며 걸었다. 황금색 곡물이 가득한 방을 보면서는 아득함을 느끼지 않을 수 없었다.

황무지의 한복판에서 전임자들이 어떻게 생존했는지 알 것 같았다. 슈란은 심각한 표정이었다. 건물의 작동 방식이 바로 이해되지는 않는 모양이었다. 어떻게든 알아내야 했다. 이 시설을 유지하지 못하면 프티아에서 살 수 없다.

농사로만 모두를 먹이기에는 평지가 좁았다. 호수의 민물고기 개체 수를 조절하며 잡아먹을 수는 있다. 하지만 언젠가는 위험을 감수하고 바위산을 넘어 정글로 식량을 구하러 가야 할 것이다. 그곳에는 분명히 전임자들이 피하려고 했던 상위 포식자들이 있을 터였다.

갑자기 치익, 하는 기계음이 울렸다. 그리고 가느다란 관을 타고 물이 흘러나와서 흙을 적셨다.

"정지하세요."

내가 조용히 말하자 대원들이 얼어붙었다. 주변에서는 인기척이 느껴지지 않았다.

"주언, 저기 발전기가 있어. 옥상이랑 전선이 연결되는 것 같아. 물도 옥상에서 내려오는 거고."

미겔이 구석의 기계를 가리켰다. 공학 수업에서 배운 구조들이 눈에 들어오자 진정이 됐다.

하지만 의구심은 사라지지 않았다. 작물들의 모습이 수상했다. 열매는 거의 익었고 벼로 보이는 식물은 허리가 굽었다. 썩거나 시든 식물도 없었다. 당장 섭취할 수 있는 상태가 분명했다.

"언니. 전임자들은 우리가 지금 여기에 도착했다는 걸 알고 있어?"

"아마도. 우리가 탐사를 출발하기 두세 달쯤 전에 행성을 비워 준다는 게 유력한 가설이야."

슈란이 구조물을 자세히 들여다보며 대답했다.

"그럼 우리가 와서 발견할 수 있게 농장을 돌려 놓고 간 거야?"

"그렇게 보이는데? 전임자들이 우리한테 좌표를 주는 것만 봐도 알잖아. 그 외계인들은 우리를 좋아해."

나는 이마를 짚었다. 그렇다면 긴장할 필요가 없는 걸까? 미지의 존재가 우리의 위치를 알고 있다는 것만으로도 위험하다고 생각했다. 하지만 그들이 우리를 '좋아'한다면. 그리고 우리가 탐사대를 보낸다는 걸 알고 있다면.

이 도시의 위험 요소를 제거하고 떠났을까? 그래서 주변에 덩치가 큰 포식 동물이 없고 잡초가 베어져 있는 걸까? 하지만 그건 지나치게 친절하지 않은가? 대체 왜, 우리의 무엇을 믿고?

다시 화분으로 물이 쏘아지는 소리에 정신을 차렸다. 눈치를 보며 다가온 윌이 손을 톡 건드렸다.

"무슨 생각 해? 위험하면 나갈까?"

"별거 아니야. 괜찮아."

이건 슈란의 조사였다. 내 직감보다는 슈란이 알고 있는 정보에 의존하는 것이 옳았다.

일단 요원들의 컨디션을 살폈다. 다들 피곤해 보였다. 흙먼지가 덮인 얼굴에 땀이 흐른 자국이 하얗게 남았다. 특히 월의 물병은 벌써 반 넘게 비었다. 훈련을 받을 때 월은 한나절은 너끈히 버텼는데, 긴장해서 평소처럼 컨디션을 조절하기가 어려운 모양이었다.

"여러분. 우리 잠깐 휴식하고 갈까요?"

말이 떨어지자마자 미겔이 바닥에 주저앉았다. 라힘이 너털웃음을 지었다.

"안 물어봤으면 서운할 뻔했네."

"당연하죠."

미겔이 아예 드러누우면서 힘없이 대답했다. 월은 고맙다는 표정으로 가방을 내려놓았다. 노바도 라힘도 벽에 기대 앉았다.

"아니, 왜 틈만 나면 다들 빈사 상태예요?"

"그게 어른이야, 젊은이."

미겔이 바닥에 뺨을 대고 누운 채로 웅얼거렸다. 나보다 다섯 살밖에 많지 않으면서. 노바와 라힘이 피식 웃었다. 사실 나도 앉아 쉬고 싶은 마음이 간절했지만, 슈란이 앉을 기미를 보이지 않았다.

"위층에 다녀올까?"

"진짜? 완전 좋아."

슈란이 활짝 웃으며 앞장섰다.

'힘을 내라, 종아리.'

다리를 내려다보며 입속으로 말하고 계단을 오르기 시작했다.

한참 후, 슈란과 함께 1층으로 돌아와 보니 네 사람이 모두 바닥에 앉아서 웃고 있었다.

"무슨 이야기 해요?"

나도 주저앉으며 물었다. 계단을 내려오는 길에 기어이 파업한 종아리 근육이 뻐근하게 당겼다.

"첫불 켜기 얘기 하고 있었어."

미겔이 창문으로 보이는 옆 건물을 가리키며 말했다. 나는 그의 손가락을 따라서 까마득한 건물을 올려다보았다.

"지금 사는 곳에 비하면 건물이 많잖아. 창문마다 불이 들어올 테니까, 예쁘겠더라고."

이주 요원들이 준비를 끝내고 민간인들이 이주를 오면, 그들이 새 행성을 처음으로 눈에 담는 순간에 행사를 치렀다. 온 도시의 전등을 동시에 켜 주는데, 일종의 거대한 점등 행사였다.

"아깝다. 우리는 못 보겠지?"

"첫불 켜기를 왜 못 봐?"

슈란이 아쉽다는 듯이 말하자 노바가 물었다.

"여기서 대기해야 하잖아요. 우리가 불을 켜 주는 사람이니까 못 보죠."

슈란 대신 미겔이 대답했다. 노바는 입을 딱 벌렸다.

"아, 왜 그 생각을 못했지?"

노바가 이마를 짚으면서 탄식했다. 윌은 시무룩하게 고개를 숙였다. 라힘이 윌의 어깨를 툭툭 두드려 주었다.

뭔가 대안이 있을 만도 한데. 아틀랜틱에 돌아가서 찬찬히 생각해 봐야겠다.

일단은 조사를 계속해야 했다.

"다시 출발할까요?"

내가 자리에서 일어나자 모두 탄식했다.

"얼른 일어나요. 곧 해가 져서 얼른 가야 해요. 마지막으로 확인할 건물이 여기에서 가까우니까 빨리 보고 가요."

"그래. 가서 밥 먹자."

체력이 가장 좋은 라힘이 노바와 미겔을 일으켜 주었다. 나도 윌의 손을 잡아 일으켰다.

우리는 농장을 떠나서 걷기 시작했다. 아틀랜틱 방향으로 도시의 외곽에 있는 건물이 목적지였다.

가까이서 보니 평범하게 높고 말끔했다.

"여기야?"

미겔이 허리를 뒤로 꺾으며 물었다. 슈란이 건물 앞으로 다가가서 안을 들여다보았다.

"지하를 통해서 멀지 않은 곳의 콘크리트 시설과 이어지거든. 아마 전임자들이 발사대로 쓰던 곳일 거야. 내 생각에는 여기가 본부야."

"무슨 본부요?"

윌이 기진맥진해서 물었다. 체력이 다했는지 얼굴이 점차 하얗게 질리고 있었다. 노바가 슈란을 따라 유리에 얼굴을 붙였다.

"슈란의 예상이 맞는 것 같은데? 탐사 본부인가 보다."

"로비만 보고 가자. 빠르게."

슈란이 정문의 손잡이를 쥐며 말했다.

"언니, 잠깐만."

나는 손잡이를 잡아 멈추고 시계를 확인했다. 탐사가 생각보다 길어졌다. 노바가 설정해 준 시간에 따르면 지금부터 부지런히 걸어야 일몰 전에 아틀랜틱에 도착할 수 있었다.

하지만 중요한 건물이었다. 오늘 조사하기로 계획해 둔 곳이기도 했다. 게다가 모두 전임자들의 탐사 본부를 구경해 보고 싶은 눈치였다. 가장 가까운 방 한두 개 정도는 괜찮을 것 같았다.

"제가 먼저 진입할게요. 혹시 모르니까요."

나는 슈란의 앞으로 끼어들며 말했다. 대원들이 경계 대형을 갖출 때까지 기다렸다가, 팔에 힘을 주었다. 정문이 부드럽게 열렸다.

전임자의 탐사 본부

탐사 본부의 내부는 조용했다. 위험해 보이지는 않았다. 우리는 건물 구조도가 그려진 벽 앞에 멈추었다. 슈란이 구조도에 적힌 글씨들을 해석해 주었다. 관측실, 비행실, 연구실이 주를 이루었다. 우리는 가장 가까운 관측실과 연구실을 둘러보고 떠나기로 결정했다.

"발 조심하세요."

연구실 문을 열면서 말했다. 안이 엉망이었다. 바닥에 종이 더미가 흩어져 있었다. 커다란 책꽂이들로 사면이 둘러싸였다. 1인용 책상이 네 개씩 묶여 꼭짓점을 마주하고 놓였다. 문과 마주하는 벽에는 커다란 화면이 설치되었다. 나는 테라 연구원들이 연구실 곳곳에 옹기종기 모여 탭을 두드리며 토론하는 모습을 쉽게 상상할 수 있었다.

"곧 해가 져서, 연구실, 관측실만 보고 나가야 할 것 같아요. 내일 조금 일찍 나와서 마저 봐요."

슈란이 명백하게 아쉬워하는 표정으로 어깨를 늘어뜨렸다. 노바에게 더 보면 안 되냐고 물었지만, 노바는 단호하게 고개를 저었다.

"해가 지면 위험해."

슈란은 설득을 단념하고 서둘러 관측실을 조사했다.

관측실은 책상과 의자로 가득했다. 슈란과 노바가 누비면서 자료들을 뒤적였지만 특별한 것은 없어 보였다.

나는 문 앞에서 보초를 서며 밖을 내다보았다. 슬슬 날이 저물고 있었다.

"슈란! 이거 봐."

노바가 자료 한 뭉치를 들고 손을 흔들었다. 두 사람의 표정이 심상치 않았다. 중요한 자료인 모양이었다. 전임자들의 언어를 이해할 수 있는 사람이 슈란밖에 없는데, 슈란은 천체물리학 전문가가 아니니 두 사람이 함께 시간을 두고 살펴봐야 내용을 이해할 수 있을 것이다.

나는 모두를 불러들이기로 결정했다. 아틀랜틱으로 가져가서 분석하는 편이 더 안전했다.

"이제 가요!"

문가에서 크게 외쳤다. 곳곳에서 아쉬워하는 목소리가 돌아왔다. 이제 정말 서둘러야 했다. 나는 움직일 기미도 없는 슈란과 노바를 향해 걸음을 떼었다.

동시에 귀청을 때리는 굉음이 울렸다. 벽과 바닥이 흔들릴 정도였다.

'뭐지?'

온몸의 감각이 날카롭게 곤두섰다. 상황을 파악하려고 고개를 들었는데 아무것도 보이지 않았다. 연기와 먼지가 뿌옇게 시야를 가렸다. 아무래도 가까운 벽이 무너진 것 같았다.

"여기로 와요!"

목이 터져라 외쳤다. 미겔과 윌이 가장 먼저 달려왔다. 노바는 슈란을 반쯤 끌고 따라왔다. 슈란이 팔과 다리를 모두 다친 듯했다.

그리고 라힘이 보이지 않았다.

"라힘!"

미겔이 소리쳤다. 대답이 없었다.

"라힘!"

다시 외쳤다. 정신을 잃은 걸까?

지금 라힘을 찾아 방을 수색할 수는 없었다. 이런 상황이 생기면 위치를 확인할 수 있는 사람부터 챙겨서 탈출하라고 배웠다. 발을 억지로 돌려 관측실을 나섰다. 연기와 먼지 때문에 앞이 잘 보이지 않았다.

"앞 사람 잘 보고 따라와요!"

잠시 뒤를 확인하며 말하는 사이, 정면에서 움직임이 일었다.

"라힘?"

내 손을 붙잡고 따라오던 윌이 외쳤다.

라힘이 아니었다. 여럿이었다. 몸통에서 뻗어 나온 팔다리가 괴상하게 길었다.

사람이 아니다.

윌의 팔을 붙잡아 등 뒤로 밀고 희미한 실루엣을 향해서 연달아 방아쇠를 당겼다. 내가 쏜 총알이 적중했는지 괴상한 소리가 터져 나왔다. 손을 붙잡고 쓰러지는 움직임만큼은 영락없는 사람이었다. 노바가 슈란의 총을 낚아채어 빠르게 엄호했다.

위기감이 뒷목을 타고 올랐다. 움직이는 모든 것에 총구를 겨냥했다. 방아쇠를 빠르게 당겼다.

이번에는 비명소리 대신 총성이 되돌아왔다. 노바가 쓰러졌다. 미겔이 노바를 붙잡으려고 총을 놓았다.

발소리가 멀어지더니 정면의 벽이 폭발했다. 눈앞이 새빨갛게 뜨거워졌다.

순간 모든 것이 멈추었다. 고요했다. 귀가 울리고 있었다. 먹먹함을 뚫고 나지막한 잡음이 들려왔다.

치이이익— 뚝.

마치 무전기의 통신이 끝나는 듯한 소리였다. 숨을 참고 소리가 들려온 곳을 노려보았다. 총을 겨누었지만, 쏘지는 못했다. 그리고 현실의 모든 소리가 되돌아왔다.

"주언!"

슈란이 나를 불렀다.

미겔과 함께 노바를 부축하고 있었다. 노바의 옆구리에서 피가 울컥 쏟아졌다. 슈란이 배낭에서 수건을 끄집어내 상처를 눌렀다.

윌은 어디에 있지? 윌의 가방에 응급 처치 용품이 들어 있다.

"윌!"

나와 같은 생각을 한 듯 미겔이 외쳤다.

"여기 있어!"

윌이 소리쳤다. 연구실 안쪽이었다. 폭발에 휘말린 모양이었다. 노바를 먼저 챙겨야 했다. 저 정도의 출혈은 응급 처치로는 택도 없었다. 포드에 집어넣어야 했다.

"아틀랜틱으로 복귀해. 노바를 포드에 넣어. 난 윌이랑 라힘을 챙겨서 따라갈게."

"지금 이 상황에 너 혼자서 두 명을 어떻게 챙겨!"

미겔이 반발했다. 슈란도 복잡한 표정이었다. 그런데 코앞의 벽이 쩍 소리를 내며 갈라졌다.

"빨리 가!"

나는 다급하게 소리쳤다. 슈란이 고개를 끄덕였다.

"미겔, 노바를 업어. 주언, 꼭 올 거지? 믿는다."

이내 세 사람이 빠르게 사라졌다. 나는 창문으로 지켜보며 세 사람을 엄호하다가 방으로 돌아섰다.

윌은 연구실 구석에 있었다. 무너진 책꽂이에 다리가 깔린 채였다. 힘을 합쳐 간신히 다리를 빼냈다.

"다쳤어?"

"안 부러졌어. 괜찮아."

윌이 다리를 부여잡으며 대답했다.

"라힘 봤어?"

"아니."

그렇다면 더 지체할 시간이 없었다. 빠져나가야 했다. 건물이 무너질지도 몰랐다.

"가자. 달릴 수 있어?"

윌이 절뚝이며 뛰기 시작했다.

"슈란!"

아틀랜틱에 들어서자마자 외쳤다. 이상하리만큼 조용했다. 숨을 고르는 윌을 입구에 앉혀 두고 짐을 내려놓았다. 의료실 문이 피투성이였다. 미닫이문을 열자 피 냄새가 훅 끼쳐 와서 코를 막았다.

의료실에는 아무도 없었다. 노바를 포드에 앉히기까지 슈란과 미겔이 여기저기를 지탱했던 손자국이 남아 있었다. 포드에는 사람이 누웠던 모양으로 피가 고여 있었다.

포드에 연결된 트레이에 조그만 조각이 놓여 있었다. 그것을 조심스레 집어 들었다. 단단하고 날카로웠다. 마치 구겨진 총알 같았다. 포드의 화면을 켜자 치료가 완료되었다는 알림을 확인할 수 있었다.

의료실의 문이 벌컥 열렸다.

"주언이야?"

슈란이 하얘진 얼굴로 달려왔다. 안도한 나머지 슈란을 와락 껴안았다. 의료실이 비어 있어서 최악의 가정까지 했었다.

슈란을 감았던 팔을 풀어내는데, 아틀랜틱이 덜컹였다. 이륙을 하는 듯했다.

"윌?"

조종실에서 익숙한 윌의 머리꼭지가 보였다. 윌이 조종간을 끝까지 당겨 아틀랜틱을 출발시켰다. 윌이 막무가내로 속도를 높였다. 아틀랜틱이 지면을 박차고 순식간에 상공으로 떠올랐다. 슈란과 나는 뒤로 밀려나지 않도록 황급히 윌의 조종석을 붙잡았다.

"윌!"

“뭐 하는 거야?”

윌은 대답하는 대신 정면을 가리켰다. 허공에서 굉음이 들렸다. 낯선 우주선이 아틀랜틱의 옆으로 떠올랐다. 슈란과 나는 더 묻지 않고 잽싸게 자리에 앉았다.

보름, 서쳐 로봇

낯선 우주선에서 공격이 쏟아졌다. 총구에서 빨갛게 발사된 총알은 아틀랜틱에 닿으면 노란색 불꽃이 되어 터졌다. 공격을 피해서 도시를 벗어나 숲에 숨었다. 하지만 추격이 끈질겼다.

"어쩔 수 없어. 올라가자."

윌이 고개를 끄덕였다. 엔진이 힘차게 연료를 태웠다. 위로, 더 위로. 파란 하늘이 사라지고 새카만 우주 공간이 나올 때까지 속도를 높였다. 낯선 우주선이 잠깐이나마 멀어졌다.

미겔이 뛰어나와서 조종실에 합세했다.

"어디로 가야 해?"

"나도 몰라. 일단 따돌려야 하는 거 아니야?"

"테라 방향으로?"

"안 돼! 따라오면 어떡해?"

"그럼 반대로 가?"

"너무 멀리 가서 연료가 부족하면? 그래도 반대로 가야 하나?"

우리가 정신없이 논쟁하는 와중에도 우주선은 살벌하게 거리를 좁혀 오고 있었다. 가까워지다가 멀어지기를 반복하며 프티아 둘레를 돌 수밖에 없었다. 그러다가 우주선의 총알이 아틀랜틱에 닿기 시작했다.

"왜 쏘는 거야?"

"나도 몰라!"

나는 버럭 소리쳤다. 식은땀이 줄줄 흘렀다. 어디로 가야 하는지, 우리가 사라지면 테라는 어디로 어떻게 이주해야 하는지. 아무것도 알 수 없었다. 그리고 잠시 잊고 있던 가장 중요한 것이 떠올랐다.

"보름이!"

나는 비명처럼 외쳤다.

"뭐?"

윌이 되물었다. 나는 벌떡 일어나서 내 방으로 달렸다. 바닥의 피에 미끄러지고 방향을 트는 아틀랜틱의 서슬에 넘어지면서도 속도를 줄일 수는 없었다. 방 문을 여는 순간 보름이가 쏜살같이 날아와서 어깨에 달라붙었다.

"괜찮아?"

"나 조종실로 데려가 줘. 빨리!"

보름이는 엉뚱한 대답을 했다. 보름이를 데리고 조종실에 도착하자 하얗게 질린 윌이 물었다.

"보름이? 반려 로봇을 데려왔어?"

"우리 저기로 가야 돼!"

보름이는 윌에게도 대답하지 않았다. 대신, 날개로 측면에서 빠르게 가까워지는 행성을 가리켰다. 푸른색의 낯선 행성이었다. 아카데미에서 수십 번 배웠다. 비접촉 조사가 이루어지기 전에는 절대 행성에 진입하지 달라고. 인류가 이해하지 못한 수많은 위협이 기다리고 있을지 몰랐다.

하지만 보름이는 '서처' 로봇이었다. 오래전의 지구에서 광물을 추적하고 채굴을 돕는 역할을 했다. 지금은 반려 로봇이 되었지만, 고유한 능력이 사라지지는 않았다. 보름이는 내장된 칩으로 학습한 물질의 위치와 방향을 알아낼 수 있었다. 보름이가 가리키는 행성은 높은 확률로 지구와 유사한 환경을 갖추고 있을 것이다.

"진입해서 따돌리자. 믿어 봐."

슈란은 고개를 끄덕였다.

우리가 갑자기 방향을 바꾸자 우주선은 속도를 높여 쫓아왔다. 총알이 이전과는 비교도 되지 않을 만큼 많이 날아왔다. 아틀랜틱의 외피가 깨지고 긁히며 깎여 나가고 있었다.

아틀랜틱이 최고 속도로 행성의 대기에 진입하는 순간, 낯선 우주선이 멈추었다. 아틀랜틱과의 거리가 까마득히 멀어지며 점이 되어 사라졌다.

나는 눈을 꾹 감고 고개를 젖혔다. 식은땀으로 젖은 티셔츠가 등에 달라붙었다.

낯선 행성은 바다가 적고 육지가 많았다. 가까운 곳에 착륙했다가, 아틀랜틱의 상태를 살펴보고 재이륙해야 했다.

"저쪽 방향으로 더 가 봐. 뭔가 있어."

보름이가 행성의 적도 쪽을 가리켰다.

"뭐가 느껴지는데?"

"철, 구리, 알루미늄. 여러 가지가 섞인 금속이 있어. 그리고 아주 많은 이산화탄소."

슈란은 순순히 방향을 틀어 보름이가 가리키는 곳으로 향했다. 보름이가 조종석 주변에서 초조해하며 파닥였다. 미겔이 손끝으로 보름이를 살살 쓰다듬었다.

"안녕, 보름이. 여기서도 만날 줄은 몰랐네."

"나도 몰랐어."

보름이가 대답하자 미겔이 씩 웃었다. 대원들은 훈련을 받는 동안 보름이와 친해졌으니, 무턱대고 나를 고발하지는 않을 것이다.

"주언이 너를 숨기려고 탐사대에 들어온 것 같다는 느낌이 드는데. 맞아?"

"이제 비밀 아니지?"

보름이가 나를 돌아보며 물었다.

"본부에 이르지 말아 줄래요? 개인 용품 무게라고 거짓말했는데."

대원들은 순순히 고개를 끄덕였다. 보름이가 조그만 머리를 반짝 들어올렸다.

"거의 다 왔어. 가까워."

"내려갈게."

슈란이 고도를 낮추기 시작했다. 손톱만 한 점처럼 보이는 도시가 점점 가까워졌다. 산맥과 해안선이 만나는 곳에 건물 무더기가 보였다. 사진에서나 보았던 고층 건물과 넓은 들판이 호수를 감싸고 있었다.

"보름아, 여기로 오려고 한 거지?"

윌이 물었다.

"맞아."

"너무 가까이는 말고, 조금 떨어져서 착륙하는 거 어때? 산 건너편으로 갈까?"

"그래. 들키지 않을 정도로 멀리 가자."

미겔의 제안대로 산맥을 넘어가도록 방향을 바꾸었다. 그리고 속도를 줄이려는데, 엔진이 말을 듣지 않았다. 분명 출력을 최하로 두었는데도 맹렬하게 연료를 불태우고 있었다. 위기감이 등을 타고 올라와 목덜미를 쥐었다.

“속, 속도가 안 줄어드는데.”

월이 눈을 크게 뜨며 말을 더듬었다. 지면이 속절없이 가까워졌다. 보름이가 부리를 벌린 채로 얼어붙었다.

“비상 착륙 준비!”

슈란이 외쳤다.

미끼

이것이 긴 설명의 끝이었다. 테라를 떠나서 재빌린에게 닿기까지, 짧다면 짧고 길다면 긴 여정이었다.

바하티는 침묵을 지켰다. 무슨 생각을 하는지 전혀 알 수 없었다. 얘기가 끝나자 바하티는 문 앞에 서 있던 부하 직원에게 다가가 무언가를 지시했다.

"문제가 있습니다."

바하티가 다시 앉으며 말했다.

"여러분이 방금 다녀왔다는 행성은 재빌린이 불과 몇 달 전까지 살던 곳입니다. 우리에게 46번째 행성이라서, 재빌린 46이라고 부릅니다."

"그게 왜 문제인가요?"

윌이 의아하게 물었다.

"재빌린은 아직 테라에 좌표를 보내지 않았습니다. 새 행성에 정착이 끝난 후에야 테라에게 넘겨줄 이전 행성을 정돈하는 작업을 합니다. 재빌린의 흔적을 지우고, 설명서를 남기고, 맹수들의 영역을 밀어냅니다. 이번에는 그런 작업이 하나도 이루어지지 않았습니다. 여러분은 너무 일찍 왔습니다."

이해가 되지 않았다. 하지만 우리는 분명히 좌표를 받았다. 분명히 국장의 탭에서 좌표를 보았다.

"그렇다면 누가 우리를 부른 거죠?"

질문을 던진 후에 깨달았다. 누군가 우리를 불렀다. 그리고 공격했다. 우리를 유인해서 죽이려고 들었던 것이다.

"여러분이 공격받은 일이 재빌린과 관련 있다고 생각합니까?"

바하티가 물었다. 나도 조심스레 말을 골랐다.

"그건 알 수 없습니다. 하지만 재빌린이 남겨 준 행성에서 우리를 공격했고, 우리가 이 행성에 가까워지자 추격을 멈추었어요."

나는 주머니에 손을 넣어 포드 옆에서 주운 총알을 꺼냈다. 아마 노바의 상처에서 꺼냈을 것이다. 바하티는 총알을 받아 들고 손바닥에서 굴려 보았다.

"이것은 재빌린의 무기입니다."

"혹시 우리를 도와줄 수 있나요? 우리에게 줄곧 좌표를 주었다고 알고 있습니다."

바하티가 총알을 돌려주고 입가를 문질렀다.

"무례하게 굴고 싶지는 않지만, 테라가 할 수 있는 일은 없습니까?"

월과 눈이 마주쳤다. 국장이 했던 말이 떠올랐다. 우리는 직접 행성을 발견해 본 적이 없었다.

"테라는 새 행성을 찾아낼 능력이 없다고 전달받았습니다. 스스로 이주를 할 수는 있어요."

정중하게 말을 맺었다. 바하티는 아까보다 훨씬 더 깊게 고개를 끄덕였다.

"좋습니다. 사실대로 말하겠습니다. 여러분은 테라 지원을 반대하는 재빌린들에게 공격당한 것입니다. 최근 재빌린 사회 내에서 테라 부서의 해체를 주장하면서 혼란을 일으키는 익명 집단입니다. 그들을 색출하는 데에 도움을 주면, 여러분을 도와줄게요."

"우리가 어떻게 도울 수 있나요?"

월이 긴장한 채 물었다. 바하티는 말했다.

"더 나은 표현이 없으니 양해를 바랍니다. 한마디로 '미끼'입니다. 여러분이 재빌린의 행성에 왔다는 것이 알려지면 분명히 여러분에게 접근할 겁니다. 그러다 보면 자연히 정체를 드러내게 될 거라고 생각합니다."

바하티의 말이 끝나자마자 프티아에서 건물이 폭발하며 대원들이 비명을 지르던 순간이 떠올랐다. 미끼가 되려면 그 정도의 공격을 다시 감행하도록 내버려두어야 했다.

그렇게 해서라도 그들을 체포해야만 우리는 프티아로 이주할 수 있었다. 하지만 바하티를 믿을 수 있을까?

"대원들과 상의해 봐야 해요."

나는 절반의 답을 내놓았다. 월도 혼란스러운 표정이었다. 바하티는 시선을 아래로 떨어뜨렸다.

"이해합니다. 재빌린이 최대한의 안전을 보장하는 선에서 부탁하는 일이라는 건 알아 주십시오. 저도 부서장들과 회의를 해 봐야 하니, 잠깐 시간을 갖도록 합시다."

바하티가 대화를 맺고 자리에서 일어났다. 우리도 그를 따라서 일어섰다.

"재빌린은 오후에 회의를 소집하도록 하겠습니다. 테라도 의논할 시간이 필요할 테니, 우선 여러분이 머물 장소를 마련하겠습니다. 타고 온 우주선도 수리와 충전을 해 주지요."

바하티가 문 옆에 서 있는 직원에게 손짓했다. 직원이 주먹을 들어 보이고 문을 나섰다. 재빌린 식으로 '이해했다'는 표시인 듯했다.

직원을 따라 나가려는데, 바하티가 황급히 우리를 멈춰 세웠다. 그는 우물쭈물하더니 말했다.

"폐가 되지 않는다면, 추가로 부탁하고 싶은 일이 있습니다."

"무슨 일인가요?"

바하티가 여러 겹의 눈동자를 굴렸다.

"테라부서장과 이야기를 나눌 수 있습니까? 테라인을 만날 유일한 기회를 놓치면 사직하겠다고 합니다. 그는 한다면 정말 하는 재빌린이고 뛰어난 인재라서 잃고 싶지 않아요. 가능하다면……."

그는 말꼬리를 흐렸다. 민망해하는 것 같았다. 우리에게 관찰 대상이 되어 달라고 부탁하는 셈이니 그럴 만도 했다.

나는 재빨리 월과 눈빛을 교환했다. 월이 괜찮다는 듯이 고개를 끄덕였다.

"좋습니다. 동료들에게 연락한 후에 함께 갈게요."

우리에게 우호적인 재빌린일 것이 분명했다. 만나 보아서 나쁠 일이 없었다.

갑자기 문이 벌컥 열렸다. 한 재빌린이 우리를 향해 돌진했다. 우리의 대화를 엿듣고 있었던 모양이다.

바하티가 제 이마를 짚었다.

"안녕하십니까!"

목소리가 지나치게 컸다. 월이 흠칫 놀라 뒷걸음질을 쳤다. 정중하려고 노력하는 것 같긴 했다. 내 짐작이 맞다면 그는 지금 굉장히 흥분한 상태였다. 얼굴이 재빌린 특유의 초록색이 거의 보이지 않을 정도까지 주황색으로 물들어 있었다. 피부 아래에 피가 쏠리며 색깔이 변하는 걸까?

“저는 재빌린의 테라부서장입니다. 타히탈립이 제 이름입니다만, 보통은 타히로 통합니다.”

“반갑습니다. 저는 주언이라고 합니다.”

“주언! 만나서 반갑습니다.”

타히탈립이 손을 콱 맞잡았다. 윌이 겁먹은 표정으로 애써 다가왔다.

“윌입니다.”

“반갑습니다!”

우렁차게 대답한 타히탈립이 다른 손으로 윌의 손도 덥석 잡았다. 그는 우리가 악수를 한다는 것은 알고 있지만, 한 번에 두 사람의 손을 잡지는 않는다든지, 이렇게 오래 쥐고 있지는 않는다든지, 하는 것은 모르는 기색이었다.

“이주 본부로 안내하겠습니다. 이쪽으로 오십시오.”

타히탈립은 연신 뒤를 돌아보면서 걸음을 서둘렀다. 신이 난 건지 따라가기가 버거울 정도였다. 그를 간신히 잡아 세우고 바하티를 향해 섰다.

“저도 한 가지 더 부탁해도 될까요?”

“예.”

"우주선에 동료들이 남아 있습니다. 부상자가 한 명 있는데, 포드로 응급 처치를 하긴 했지만 혹시 몰라서요. 검진을 부탁드립니다."

바하티가 걱정 말라는 듯이 한 손을 들어 보였다.

월과 나는 타히탈립을 따라 엘리베이터를 타고 옥상으로 향했다. 툭하면 덜컹거리던 우리 본부의 엘리베이터와는 다르게 움직임이 매끄러웠다.

옥상에서 주변 건물들을 연결하는 케이블카를 탔다. 케이블카가 서서히 움직이자 투명한 창문 너머로 도시가 내다보였다.

"두 분은 탐사대입니까?"

타히탈립이 불쑥 물었다.

"네. 탐사대에 대해서 알고 계세요?"

"몇 분이 미리 행성을 둘러본다는 것만 압니다."

타히탈립이 어깨를 들썩였다. 우리를 만나서 기쁠까? 아무튼 대단한 기세가 느껴졌다. 타히탈립의 동료들이 모두 그와 비슷한 사람이면 큰일이었다.

우리는 이주 본부 옥상에서 엘리베이터를 타고 내려갔다. 땡, 하는 전자음과 함께 엘리베이터가 멈추었다.

문이 열리자마자 굉음이 쏟아졌다.

"환영합니다!"

수십 명의 재빌린이 우리를 향해 환호했다. 모두 얼굴을 일그러트리며 웃고 있었다.

정면에 보이는 복도의 벽에 '테라인 환영'이라는 어설픈 장식이 붙어 있었다. 방금 급조했는지 '영' 자가 흔들리다가 바닥으로 떨어졌다. 윌이 기겁하며 비명을 질렀다.

"부서장님 사무실에서 이야기를 나눕시다."

타히탈립이 끼릭거리며 웃다가 제안했다. 나는 갈비뼈를 뚫고 나온 듯한 심장과 윌을 동시에 다독이면서 그를 따라 걸었다. 재빌린들이 자석에 이끌리는 철가루처럼 쫄래쫄래 따라붙었다.

타히탈립을 따라 부지런히 걸었지만 결국 재빌린들 틈에 갇히고 말았다. 타히틸립이 비켜 달라고 외치는 소리가 들렸다. 타히탈립은 최선을 다해 재빌린들을 쫓아내려고 했지만, 시야에 테라인을 담은 재빌린들은 쉽게 물러나지 않았다.

"테라에서 왔습니까?"

"이름이 무엇입니까?"

"여기는 왜 왔습니까?"

흥분과 환희에 찬 재빌린들의 목소리가 겹치면서 번역기가 먹통이 되었다. 윌이 곁에 바짝 붙어 섰다.

그때 우렁찬 목소리가 울려 퍼졌다.

"물러나십시오."

관리자인 듯한 재빌린이 나타나 팔을 흔들어서 군중을 흩었다. 재빌린들은 아쉬워하면서도 그의 눈치를 살피면서 물러섰다.

그는 목에 하얀 출입증을 걸고 있었다. 읽을 수는 없었지만 다른 재빌린들의 출입증과는 글씨의 색이 달랐다.

"이주부서장 허스트입니다. 만나서 반갑습니다."

나는 그의 귀를 쳐다보지 않을 수 없었다. 그는 통역기를 차고 있지 않았다.

"안녕하세요."

"테라어를 하시네요."

윌의 예의 바른 응대와 내 말이 동시에 튀어 나갔다. 허스트는 내게 악수를 청했다.

"이주부서장의 기본 소양입니다."

허스트는 직원들의 열정에 휩쓸려 너덜너덜해진 타히틸립의 어깨를 두들겨 주었다. 타히틸립이 힘없이 자신의 책상을 가리켰다.

"저는 자료를 가지고 오겠습니다."

타히틸립이 자리를 비운 동안, 허스트가 우리를 안내했다.

방의 모습이 눈에 익었다. 중앙에 탁자, 오른쪽에 큰 화면, 왼쪽에 탁자와 서랍. 방에서는 마른 나무와 향긋한 종이의 냄새가 났다.

"어?"

윌이 무언가 말하려다가 황급히 입을 다물었다. 테라의 이주국과 똑같았다. 그들의 건물을 물려받았으니, 당연한 일이었다. 고향에 돌아온 듯했다.

허스트는 우리에게 먼저 앉기를 권했다.

"바하티가 동료 분들을 병원에 안내했다고 전언했습니다."

"감사합니다."

허스트는 바하티의 말을 전한 후 침묵을 지켰다. 곧 타히탈립이 질문을 잔뜩 준비해서 들이닥칠 예정이었다.

"한 가지 여쭤보아도 되나요?"

윌이 조심스레 허스트에게 말을 걸었다.

"물론입니다."

허스트가 얼굴을 살짝 일그러트렸다. 웃는 게 맞겠지?

"왜 좌표를 보내 주시나요?"

"부서장 회의에서 결정됐습니다. 시민 부서와 전대 바하티가 제안했다고 알고 있습니다. 어차피 우리는 유목을 해야 하는 종족인데, 빈 집에 새 주인이 생긴다고 해서 해로울 일은 없다는 요지였습니다. 적어도 공식적으로 알려진 이야기는 그래요."

나는 잠시 대답할 말을 찾지 못하고 입술을 달싹였다.

"놀라울 정도로 친절한 행동이네요."

"그렇습니까? 우리는 당연히 그렇게 해야 한다고 생각했습니다. 이 넓은 우주에 소통할 수 있는 이웃이 있는 것만으로도 기적이 아닙니까?"

허스트의 말을 증명이라도 하듯이, 회의실 문 건너편에 모여 우리를 바라보고 있는 재빌린들이 얼굴을 구겼다. 세 겹의 동공에서 분명한 호의를 읽을 수 있었다.

허스트가 회의실의 구석에 달려 있는 파이프의 밸브를 돌리더니 미끈한 컵에 물을 받아서 윌과 나에게 각각 건네주었다.

"재빌린도 지금 탐사를 하고 계시나요?"

윌의 물음에 허스트가 밸브를 잠갔다.

"네. 정착이 마무리되고 바로 초기 탐사를 시작했습니다. 이번 정착지에 생각보다 식생이 풍부하지 않아서, 평소보다 서두르고 있습니다."

"식량이 부족하면 힘들죠."

나는 테라의 식량 배급을 떠올리면서 말했다. 허스트는 고개를 끄덕였다.

"그것도 있습니다만, 제일 큰 이유는 키오입니다. 들에서 키오를 만났다고 들었습니다. 커다란 회색 동물이요. 키오는 특정한 식물 하나만 먹습니다. '다카'라고 하는데, 다카는 한살이 식물이라서 한 번 베어 내면 다시 자라지 않습니다."

우리가 불시착했던 들판의 모습을 떠올려 보았다. 잡초가 가득했던 것도 같은데, 키오의 혀를 쏠지 말지 고민하던 기억이 지나치게 강렬해서 잘은 기억나지 않았다.

"다카가 모두 사라지면 이주해야 합니다."

"행성의 다른 위치로 이동하면 안 되는 건가요?"

윌이 의아한 듯 묻자 허스트가 완고하게 고개를 저었다.

"재빌린의 원칙입니다. 다카가 자라는 땅은 흔하지 않습니다. 키오는 재빌린의 소중한 반려 동물이고, 우리는 반드시 키오를 먹일 수 있는 곳에서만 삶을 꾸립니다. 그게 우리가 정한 삶의 방식입니다."

윌이 감명 받은 표정으로 허스트를 바라보았다.

"테라에도 이주부서가 있습니까?"

허스트가 나지막이 물었다.

윌과 나는 동시에 고개를 끄덕였다.

"네. 이주국에서 탐사대원을 가르치고 선발해서 파견하는 일을 합니다. 이주 기간에는 최고 권력 기관으로 이주를 통솔하기도 해요."

"탐사대가 탐사를 떠나면, 테라의 이주국은 비게 됩니까?"

"아뇨. 이주 요원들이 남아 있어요. 최근 10년간의 아카데미 졸업생 중에서 탐사대로 선발되지 않은 사람들은 자동으로 이주 요원이 돼요. 일반인들이 행성에 도착하자마자 새 도시가 정상적으로 기능할 수 있도록 사전 작업을 하는 사람들이요."

윌이 대답했다. 윌은 이주 요원에 대해서 꽤 자세히 알고 있었다. 최종 선발될 가능성이 높지 않았던 윌도 자기 진로에 대해서 만반의 준비를 했으리라. 너가 그랬듯이 말이다.

"사전 작업이라면, 무슨 일을 합니까?"

"발전소와 농업, 건축 분야의 핵심 인력을 파견해요. 도시 계획 부서도 기능별로 건물과 지역을 분배하기 위해서 가고, 연구원들은 새 행성의 상태를 바로바로 확인할 수 있게 측정 장비들을 설치하러 가요. 우리 탐사가 마무리되는 대로요."

윌은 거기까지 말하더니 목에 무언가 걸린 사람처럼 말을 멈추었다. 우리가 연락을 취하지 않았으니, 국장은 겁먹은 이주 요원들을 애써 안심시키면서 온갖 부정적인 가정을 하고 있을 것이 분명했다.

"테라의 이주국장도 지금쯤 걱정을 많이 하고 있겠습니다."

"출발 전부터도 염려를 많이 하셨어요."

윌이 울적하게 대답했다.

"나도 평생 재빌린 탐사대를 가르쳐서 내브냈어요. 테라 국장의 심정이 이해가 됩니다. 걱정이야 하겠지만, 여러분을 믿고 있을 겁니다. 여러분도 스스로 생각해서 옳다고 판단하는 일을 하십시오."

허스트의 녹색 피부가 조금 더 주홍색으로 바뀌었다. 그가 뒤늦게 민망해진 모양이었다.

"그래도 빨리 통신을 연결하는 편이 좋겠습니다. 타고 온 우주선에 들를 수 있도록 바하티에게 전달해 두겠습니다."

허스트는 화제를 돌리며 시선을 피했지만, 그가 마음이 따뜻한 재빌린이라는 것을 알 수 있었다. 이주부서장으로서의 직업정신이 투철하다는 것도.

허스트와 대화를 더 나눠 보고 싶었다. 하지만 질문지가 분명한 종이 뭉치를 끌어안은 타히탈립이 발로 문을 열며 들어오는 통에 타이밍을 놓치고 말았다.

키오를 따라서

긴 문답이 끝난 후, 타히탈립이 우리를 숙소로 안내했다. 이번에는 옥상에서 경비행기를 타고 이동했다. 추락하는 와중에는 살필 겨를이 없던 도시의 풍경이 보였다.

프티아와 구조가 유사했다. 큰 호수를 중심으로 고층 건물이 모여 있고, 호수 주위로 들판이 펼쳐졌다. 들판에는 예의 회색 털북숭이 생물, 키오들이 삼삼오오 모여 풀을 뜯었다.

반대편 산맥에는 마그마가 새어 나와 바다로 흘러 들어가는 분화구가 있었다. 화산재가 도시를 향해 밀려오다가 겹겹이 세워진 풍력 발전기에 걸러져 사라졌다. 화산과 거리가 멀지 않은데도 바람이 시원하고 상쾌했다. 기술로 자연환경을 극복하다니. 새삼 경이로웠다.

덩치가 제법 큰 날짐승들이 날아오다가 붉은 조명을 보고 도망쳤다. 바위산에 세워진 프티아의 도시처럼, 이곳도 처음부터 살기 좋은 환경은 아니었다. 재빌린이 키오를 위해 지어 놓은 요새 같았다.

"키오의 습격을 받았다고 들었습니다."

"들으셨어요?"

윌이 민망해하며 물었다.

"불쾌했을 수도 있지만 결국엔 좋은 일이었을 겁니다. 재빌린은 키오를 신뢰합니다. 재빌린들이 다툴 때 그 사이에 키오를 세우면 옳은 쪽을 핥아 준다는 미신도 있습니다. 여러분을 발견한 재빌린과 면담했는데, 키오가 여러분을 좋아하는 것 같아서 말을 걸어 보았다고 했습니다."

그렇다면 키오의 혀에 붙잡혀 침으로 범벅이 된 우리는 전생에 세상이라도 구한 모양이었다. 이전의 불쾌한 감촉이 떠오르는지 윌이 어깨를 떨었다. 나도 유쾌하지만은 않았다. 머리가 내 눈높이보다 높이 달려 있던 거대한 생물의 혀에 말려드는 경험은 한 번이면 충분했다.

들판 곳곳에 위치한 집들이 눈에 들어왔다. 나는 말끔한 경비행기를 쓸어 보았다. 이 정도의 기술력을 가진 이들이 왜 아직도 소박한 집에서 살고 있을까. 도심의 고층 건물과 케이블카를 생각하면 의문을 갖지 않을 수 없었다.

"재빌린은 행성에 흔적을 남기지 않는 것을 미덕으로 여깁니다. 도심에서 일해야 하는 사람들을 제외하고는 모두 들판에서 키오를 키우며 삽니다. 누구나 그 편을 더 좋아합니다."

타히탈립이 의문에 찬 내 시선을 읽은 모양이었다. 내가 민망하게 웃자 타히탈립이 말을 이었다.

"키오는 척박한 첫 행성에서 생존에 필요한 모든 것을 제공해 준 동물입니다. 지금은 많은 부분을 기술로 대신하지만 우리가 키오에게 빚을 졌다는 건 바뀌지 않습니다. 아무리 재빌린에게 좋은 곳이더라도, 키오를 먹일 수 없다면 떠납니다. 그것이 우리의 전통이자 유산입니다."

허스트가 한 말과 비슷했다. 슈란이 이 이야기를 들었다면 흥분해서 기절했을 텐데.

타히탈립이 전해 준 말에 따르면, 대원들은 바하티가 보내 준 경비행기를 타고 재빌린의 병원으로 향했다. 노바를 진찰하기 위해서였다.

타히탈립이 언급하지는 않았지만 슈란이라면 보름이도 안전하게 숨겼으리라고 믿었다.

"자, 여기입니다. 동료들은 방금 병원에서 출발했다고 하니 곧 도착할 겁니다."

타히탈립이 경비행기를 옥상에 착륙시키며 말했다.

단출한 3층 집이었다. 도심을 벗어난 영역은 모두 유사한 형

태의 저층 건물로 이루어져 있었다. 건물의 표면은 끈끈한 무색 액체를 발라 굳힌 건지 매끈해 보였다.

건물의 뼈대는 나무와 흙, 잡초의 뿌리 등으로 되어 있었는데, 건물을 지탱하기에는 턱없이 약해 보였다. 중간에서 교결 작용을 하는 액체가 강력한 모양이었다.

"키오의 체액입니다. 열을 가하면 단단하게 굳습니다. 건물에도 쓰고, 길을 포장할 때도 씁니다. 이주할 때는 뜯어서 키오에게 먹이로 주면 건축 쓰레기가 생기지 않습니다."

타히탈립이 어깨를 들썩이며 설명했다. 재빌린은 키오를 정말 좋아하는 모양이었다. 하긴, 복슬복슬한 몸통에 둥그런 코와 눈이 우리 눈에도 귀여운데 이렇게 쓸모도 많으니.

현관문은 무늬가 근사한 원목이었다. 바닥에는 회색 깔개가 놓였고, 아치형 천장에 조그만 풍경이 달려 있었다. 문의 양쪽에 놓인 큰 화분에서 예의 기다란 잡초, 아니, '다카'가 사람의 키만큼 자라고 있었다.

내부는 아주 아늑했다. 키오의 회색 털로 짜인 물건들이 곳곳에 보였다. 바닥의 카펫도, 얇은 식탁보도, 가구에 놓인 방석과 이불도 회색이었다. 손끝으로 쓸어 보니 감촉이 부드러웠다.

"옷을 준비해 두었습니다. 소매와 바짓단을 접어야 하겠지만, 잠시 입는 데 불편하지는 않을 겁니다."

타히탈립이 옷장을 보여 주며 말했다. 생각해 보니 재빌린에

온 후 옷을 갈아입지 않았는데 몸이 쾌적했다. 짧은 사이에 키오의 침이 전부 말라서 냄새조차 남기지 않았다.

타히탈립은 회의가 시작되면 데리러 오겠다는 말을 남기고 건물을 나섰다.

몸을 씻고 나니 긴장이 풀렸다. 부드러운 옷으로 갈아입고, 요원복은 욕실 물로 빨아서 의자 등받이에 말려 두었다. 옷은 양 어깨에 자석 단추가 달려 있었다. 팔다리를 두어 번 접어 올리고 매트리스처럼 보이는 곳에 누웠다.

윌이 사과를 들고 와 건네었다. 우리가 테라에서 먹던 것과 완전히 똑같이 생긴 사과였다. 테라는 재빌린이 물려준 행성의 작물을 먹으며 살아왔으니, 어찌보면 당연했다. 윌이 멍한 얼굴로 손가락을 꼼지락거렸다.

“바하티가 우리 목숨이 위험할 때까지 내버려두지는 않을 것 같지? 대부분의 재빌린들은 우리를 좋아하는 것 같아. 좀 지나칠 정도로.”

난 자신있게 말했지만, 사실 내 희망 사항일 뿐이었다. 바하티가 재빌린을 위해서 우리를 얼마나 이용할지 미리 알아낼 방법은 없었다.

“만약 그런 일이 생긴다면 말이야.”

윌이 조심스레 입을 열었다.

"이번에는 모두가 각오한 위기잖아. 우리도 손 놓고 공격받지는 않을 테니까, 너도 너부터 챙겼으면 좋겠어."

"그래, 네 목숨부터 챙겨."

슈란의 목소리였다. 월과 나는 반가움에 벌떡 일어났다. 미겔과 노바가 따라 들어왔다. 노바의 얼굴이 창백했지만 상처는 없었다. 월이 울컥한 표정으로 노바를 끌어안았다. 보름이가 슈란의 주머니 안에서 나와 날갯짓을 하더니 내 뺨에 머리를 비볐다.

"대충 전달받았어. 아무리 네가 경호 요원이라고 해도, 너 혼자 해결할 수 있는 일은 아니야. 네가 혼자 대처할 수 있도록 훈련받은 상황이 아니잖아. 같이하자고."

슈란이 내 머리를 쓱쓱 문지르더니 말했다.

"그럼 전부 재빌린과 거래하는 데 동의하는 거예요?"

"당연하지."

세 사람이 일제히 대답했다. 반발이 없을 거라고 예상하지 못했다. 우리는 생각보다 비슷한 기분을 느껴 온 모양이다. 동료들의 표정에 두려움과 책임감이 뒤섞여 있는 것을 보면 알 수 있었다.

테라의 해수면이 들썩이거나 폭풍이 지붕을 뜯어 가거나 산이 무너지는 날이 오면, 아카데미의 학생들은 벙커에 숨었다. 당시의 나와 월처럼 미성년자여서 보호 대상인 사람들뿐 아니라, 노바처럼 성인이 된 후에 탐사대의 꿈을 꾸며 아카데미에

입학한 사람도 마찬가지였다. 아카데미의 학생들은 최우선으로 보호해야 할 대상이었다. 우리는 언젠가 탐사대가 되어 테라 전체의 생사를 결정할지도 모르는 귀중한 자원이었으니까.

그런 날이 오면 나는 초조해서 다리를 떨었다. 벙커 밖에서 진동이 느껴질 때마다 뛰쳐나가고 싶었다. 위험으로 뛰어드는 일은 인간의 본성을 거스른다. 하지만 우리는 아카데미에서 두 번째 본성을 학습했다. 우리는 테라를 지키는 사람들이었다.

아카데미에 다니는 12년간 테라에는 크고 작은 사고가 끊이지 않았다. 행성은 점점 공격적으로 변했다. 마치 불청객을 쫓아내려는 주인처럼. 사람들은 갑작스러운 홍수에 저지대 주민들의 대피를 돕다가 손가락이 부러지기도 하고, 산사태 때문에 출동했다가 들것에 실려 돌아오기도 했다.

그들 중 누구라도 내가 될 수 있었다. 하지만 나는 아카데미에서 자랐고, 언제나 벙커에 있었다. 안전하게, 건강하게, 흔한 골절상 한번 입지 않고서. 기억나는 모든 순간 동안 테라의 모두가 몸을 바쳐 제공해 준 보호 속에서 살았다.

재빌린이 내 목숨을 노리도록 미끼가 되는 일은 당연히 두려웠다. 그들이 나의 동료들을 죽이는 데 거의 성공했고, 한 명을 실제로 실종시켰으니 더욱 그랬다. 하지만 목까지 들어찬 물속에서 이웃을 구해 내던 테라의 사람도 두려웠을 것이다. 우리가 벙커를 나가지 않고 생존할 수 있도록 식량을 조달해 주던 직원들도 두려웠겠지.

그러니 나도 용감해져야 했다. 내가 그동안 작은 위험들로부터 보호받은 것은, 이렇게 큰 위험이 다가올 때 선두에 서기 위해서였으니까. 이젠 되갚을 차례였다. 용기를 내고 싶었다.

테라 신드롬

회의실에는 이십여 명의 재빌린들이 앉아 있었다. 그들은 월과 내가 들어오자 대놓고 우리를 향해 몸을 기울였다. 월이 그들의 기세에 눌리지 않으려고 억지로 몸을 바로 세웠다.

이 자리에 누가 와야 하는가를 두고 숙소에서 작은 논쟁이 있었다. 노바와 슈란이 왔다면 좋을 텐데. 노바는 아직 안정을 취해야 하고, 슈란은 재빌린이 가득한 곳에서 평정을 지킬 자신이 없다고 말했다. 게다가 꼭 경호 요원이 가야 한다고 했다. 누군가 우리를 공격하려 한다면, 소수가 재빌린 틈바구니에 있을 때를 노릴 거라면서 말이다. 미겔은 한 번이라도 바하티를 만나 본 사람이 가는 편이 낫다고 주장했다. 그냥 겁을 먹은 것 같긴 하지만.

아무튼 윌은 나와 동행하는 데에 동의했다. 그렇게 윌과 내가 다시 오게 된 것이다.

바하티가 목을 가다듬었다. 우리는 허리를 펴고 빈자리에 앉았다.

"이 회의의 의제는, '테라 지원 기간을 예상보다 이르게 시작할 것인가'입니다. 의제는 만장일치일 때만 통과됩니다."

바하티가 나와 윌을 보며 덧붙였다.

"방문객들을 위해 설명하자면 '테라 지원 기간'이란 우리가 새 행성에 도착한 시점부터 여러분에게 좌표를 보내기 전까지의 기간을 뜻합니다. 재빌린의 이주부서 직원들과 자원봉사자들이 전의 행성을 방문해서 도시를 청소하고 위험한 생물들을 밀어내고, 테라가 사용할 만한 시설들을 수리해서 설명서를 남겨 둡니다."

바하티가 탁자를 톡톡 두드렸다. 그러자 탁자에서 자판이 쏙 올라와 바하티의 손바닥에 탁 붙었다. 바하티가 자판을 조작하자 원탁 중앙에 반투명한 녹색 구가 떠올랐다.

"사전 투표 결과에 따르면 찬성이 6인, 반대가 4인이었습니다. 한 분씩 발언해 주십시오."

반대가 네 명이나 있다니. 표정 관리가 되지 않았다.

"재정부서장 베세라이입니다. 재정부는 테라 지원을 반대합니다."

베세라이라고 스스로를 소개한 재빌린이 탁자를 건드리자 구에서 색이 빠져나가기 시작했다. 구는 일종의 타이머인 듯했다.

그는 탁자를 두드려서 화면을 바꾸었다. 통역기가 지직거릴 정도로 복잡한 문서가 나타났다 베세라이의 설명을 다 이해하지는 못했지만, 결론은 명확했다. 아직 재빌린도 정착을 마치지 못해서 테라에게 예산을 할애할 수 없다는 뜻이었다.

바하티가 고개를 끄덕였다. 나는 실망감에 옷깃을 정리했다. 재빌린은 우리를 도울 여유가 없다.

이대로 끝낼 수는 없었다. 어떻게든 설득할 생각으로 팔을 들어 올리는데, 누군가 내 손을 탁 잡았다. 내 옆자리에 앉아 있던 바하티의 부하 직원이었다. 그는 베세라이의 옆에 앉은 부서장을 가리켰다. 다음 부서장이 태연하게 일어나서 이야기를 시작했다.

'못 도와준다며?'

나는 당황해서 그를 바라보았다.

"무조건 전부 발언해야 합니다. 다른 의견을 듣고 찬반을 바꿀 수도 있습니다."

그가 속삭였다. 나는 아하, 하고 고개를 끄덕이며 다음 부서장을 쳐다보았다.

"시민부서장 아미타입니다. 여론 조사 결과 90퍼센트 이상이 테라 지원에 찬성했습니다. 시민 회의에서 제시된 방안들은 다음과 같습니다."

아미타가 화면을 띄웠다. 십여 가지가 넘는 방안들이 적혀 있었다. 시민들이 이용하고 있는 자원들을 아껴서 탐사대에게 넘길 수 있는 방법들이 주를 이루었다.

부서장들의 의견 제시가 줄줄이 이어졌다. 찬성하는 측은 테라가 재빌린에게 가져올 수 있는 이득과 각 부서에서 자원을 아낄 수 있는 방안을 준비해 왔다.

반대하는 측은 성급한 테라 지원이 각 부서에 가져올 수 있는 피해나 본인의 전문적 식견으로 바라보았을 때 테라 지원이 불가능한 이유를 준비해 왔다.

나는 양손으로 찬성 측과 반대 측의 수를 세었다. 찬성에서 한 명, 반대에서 한 명이 남은 상태였다.

"테라부서장 타히탈립입니다."

타히탈립이 차림새를 다잡으면서 일어섰다.

"테라부서는 테라 지원을 찬성합니다."

타히탈립은 민망한 듯이 말을 이었다.

"하나 마나 한 소리네요. 저희가 어느 쪽 편을 들지는 조금 뻔했겠지요?"

바하티와 부서장들이 끼럭거렸다. 분위기가 한결 가벼워졌다. 타히탈립은 덩달아 웃음을 참는지 목을 가다듬더니 말을 이었다.

"부서장 회의의 규칙에 따르면 부서장은 적임자에게 발언권을 넘길 수 있습니다."

그는 책상을 톡톡 두드렸다. 이번에는 새 화면이 켜지는 것이 아니라 타이머의 시간이 일시 중지되었다.

"테라부서의 발언권을 방문객에게 넘기겠습니다."

타히탈립이 나를 바라보았다.

이런 일을 벌일 거라면, 언질을 주었어야지.

당황해서 망설이자 부서장들의 표정이 굳었다. 재정부서장이 총대를 메었다.

"이건 재빌린의 회의입니다. 테라가 제대로 이해하고 참여하기에는 너무 어렵지 않습니까? 기다리면 우리가 테라를 위해 최대한 좋은 결론을 내겠습니다."

마치 자존심을 지켜 주려는 듯이 나긋나긋하고 친절한 말투였다. 단숨에 오기가 생겼다. 소매를 붙잡는 윌의 손등을 두드려 떨어뜨렸다.

"생각해 주셔서 감사합니다. 하지만 테라는 충분히 스스로 발언할 수 있습니다."

손을 가지런히 모으고 말했다. 타히탈립이 자리에 앉자 타이머가 다시 시작되었다.

"반갑습니다. 저는 테라의 탐사대원 주언입니다. 탐사대원 모두의 신변을 보호하는 경호 요원입니다."

재빌린들의 시선이 강렬했다. 목이 말랐다. 그들이 어떤 생각을 하고 있는지 짐작이 가지 않았다. 기분이 좋을 때면 끼릭대며 묘하게 머리를 떤다는 것은 타히탈립을 보고 알았지만, 불만을 표하거나 무시할 때는 무슨 표정인지 몰랐다.

"재빌린은 항상 테라를 도왔다고 들었습니다. 당연히 그렇게 하신다고 들었고, 재빌린이 선한 종족이라는 걸 의심하지 않습니다. 하지만 다른 이유도 있을 겁니다."

나는 곁눈으로 바하티의 입이 살짝 벌어지는 것을 보았다. 적어도 바하티는 그 이유를 알고 있었다.

"저는 그 이유를 근거로 들겠습니다. 제게도 알려 주신다면 더 좋겠지요. 테라부서는 테라 지원에 찬성합니다."

말을 마치니 심장이 세차게 뛰고 있었다. 사고를 친 건 아니겠지? 부서장들의 표정을 읽을 수 없었다.

자리에 앉자 마지막 부서장이 일어섰다. 그는 내가 가장 예상치 못했던 반대 측이었다.

"이주부서장 허스트입니다."

허스트가 옷을 털면서 일어섰다. 그는 한 장의 사진으로 화면을 바꾸었다. 우주복을 입고 있는 재빌린들 열 명의 사진이었다. 모두가 크게 동요하는 게 느껴졌다. 윌과 나는 그 흐름에 따라가지 못하고 초조하게 눈치를 보았다.

"가장 최근에 내보낸 탐사대입니다. 아시다시피 실종되었습니다. 우리는 곧 다음 탐사대를 내보내야 합니다."

모든 부서장들이 움찔했다. 재빌린은 이런 아픔을 몇 번이나 겪었을까?

허스트의 눈길이 내게 향했다.

"저는 방문객과 같은 질문을 하고 싶습니다. 우리는 왜 테라를 돕습니까?"

부서장들이 일제히 허스트의 시선을 피했다. 허스트는 기세를 몰아 말을 이었다.

"사실은 모두 전부터 해 왔던 일이니까 이어서 할 뿐이지 않습니까. 당장의 위기에 쓸 수 있는 예산을, 미래의 테라를 위해 지속가능한 행성을 만드는 데 씁니다. 테라를 배려하느라고 재빌린이 얼마나 많은 손해를 보는데, 테라를 위해 이주부서 직원들의 노동력을 낭비할 수는 없어요."

허스트가 부서장들을 돌아보며 말했다. 부서장들은 설득당하는 것 같았다.

"최근에 우리는 테라를 위해서 발전소 자동화를 시도했습니다. 궁극적으로는 자동화가 테라의 독립을 도울 테니, 저도 동의했습니다. 하지만 서두르다가 무슨 일이 벌어졌습니까?"

환경부서장이 허스트의 눈을 피했다. 타히탈립도 아랫입술을 씹었다.

"발전소가 폭발했습니다."

허스트가 말했다. 바하티가 눈을 내리깔았다. 윌의 눈이 휘둥그레졌다. 도시가 어질러져 있던 건 재빌린이 행성에서 도망쳐 나왔기 때문이었을까.

"바하티는 항상 테라를 아끼고 보살펴야 한다고 말합니다. 재빌린의 행복을 위해 쓸 수 있는 예산을 테라에게 투자하지요. 그것이 옳은 일이라는 건 저도 압니다. 하지만 옳은 일을 하는 것이 항상 옳은 결과를 불러오는 건 아닙니다."

나와 윌이 탐사대원이라고 소개했을 때, 허스트는 모욕당하는 기분이었을지도 모른다. 완벽하게 준비된 환경에서 조사만 하는 우리와, 목숨을 걸고 새 행성을 찾으러 나가는 본인의 부서가 같은 명칭으로 묶였으니 말이다. 죄책감이 뱃속을 날카롭게 헤집는 듯했다.

"근거는 충분히 댄 것 같습니다. 이주부서는 테라 지원을 반대합니다."

허스트가 말을 맺었다. 회의장의 분위기가 싸늘하게 가라앉았다. 허스트는 발끝만 내려다보았다.

바하티가 자리에서 일어났다.

"의견 조정을 시작하기 전에, '테라를 왜 돕느냐'는 질문에 대답하겠습니다."

"바하티는 이유를 알고 있습니까?"

산업부서장이 눈을 휘둥그레 뜨고 물었다. 바하티가 고개를 끄덕였다.

“테라를 지원하는 것은 바하티의 의무입니다. 바하티는 계승을 받을 때 테라를 돕는 이유에 대해서 배웁니다. 제가 선대에게 들은 대로 전달하겠습니다. 부서장님들, 도와주겠어요?”

부서장들이 영문을 모르고 고개를 끄덕였다.

“우리는 선한 종족입니다. 태초부터 그랬고, 태생적으로 그렇습니다. 저는 우리 시민들이 그것을 기억하기를 바랍니다.”

뜬금없는 도입부였다. 모두가 어리둥절하게 바하티를 쳐다보았다.

“전대 바하티가 저에게 설명해 주었을 때 저도 똑같은 표정을 지었습니다.”

바하티가 끼리릭 웃고 말을 이었다.

“전대 바하티는 우리가 선한 종족이라는 걸 잊지 않으면 선한 행동을 한다고 설명했습니다. ‘선한 공동체’라는 관념이 우리 사회를 규정하며, 그 관념은 실제로 재빌린을 선한 존재로 만든다고 말입니다.”

허스트가 미간을 세게 구겼다. 사실 나도 전혀 설득되지 않았다. 뜬구름 잡는 소리처럼 들렸다.

“테라를 돕는 게 나쁘다는 게 아닙니다. 저도 여러분만큼이나 테라를 애틋하게 여깁니다.”

허스트가 반박했다.

부서장들이 동의한다는 듯이 고개를 끄덕였다. 테라 지원에 반대 의견을 밝혔던 부서장들도 마찬가지였다. 모두 마음으로는 테라를 돕고 싶어 하는 듯했다.

“테라는 재빌린의 문화를 기반으로 생존하기 때문에 우리를 연구합니다. 하지만 우리는 왜 테라를 연구할까 생각해 본 적이 있습니까? 테라부서의 주요 업무가 무엇이라고 알고 있습니까?”

바히티의 질문에 부서장들은 입을 다문 채로 서로를 쳐다보았다. 침묵이 이어지자 바하티는 타히탈립에게 대답을 권했다. 타히탈립이 목을 가다듬고 일어섰다.

“테라부서는 테라의 환경, 기술, 식생 등을 폭넓게 연구합니다.”

“연구의 목적은 무엇입니까?”

“테라가 재빌린의 사회에 가져오는 영향을 밝히는 것입니다.”

타히탈립이 어색하게 대답하고 자리에 앉았다. 바하티가 고맙다는 듯이 그에게 눈짓했다.

“테라 지원 정책은 재빌린 내 정책만큼이나 큰 영향을 끼칩니다. 일방적이기는 하지만, 일종의 외교입니다.”

“증명할 수 없는 가설 때문에 노동력과 예산을 낭비할 수는 없습니다.”

허스트가 주먹을 움켜쥐면서 바하티의 말을 끊었다.

그에게 동조하는 부서장들이 있었다. 분위기가 과열되고 있었다. 그들의 분노는 고스란히 우리에게 쏟아질 터였다.

나는 조심스레 자세를 바꾸어서 여차하면 윌을 가리고 설 준비를 했다.

바하티는 허스트에게 반박하지 않았다.

"당연히 증명이 필요합니다."

바하티가 안전부서장에게 고개를 돌렸다.

"손님들을 위해 테라의 용어를 사용하겠습니다. 안전부서장님, 최근 150년의 범죄율을 확인해 주십시오."

안전부서장이 본인의 화면을 뒤지더니 그래프를 하나 띄웠다. 라힘이 매일 들여다보던 그래프와 형식이 동일했다.

"행성을 물려주기 시작했을 때 범죄율이 폭락했다는 증거입니다. 환경부서장님, 최근 30년의 환경 지표 보고서를 보여 주십시오."

바하티가 각 그래프를 가리키면서 설명했다.

"130년 전부터 각 시설에 대한 설명서를 만들기 시작했습니다. 공장을 운영하는 방법, 천체망원경과 선박을 사용하는 방법을 남겨 뒀습니다. 테라가 행성을 물려받았을 때 사용하게 합니다."

슈란이 본부에서 발견했던 설명서를 떠올렸다. 이타카에서 찾았다는 여러 문서도. 그것은 우리를 위해 남겨진 것이었다.

"각 자치 구획에 공문이 발송된 날부터 세 달에 걸쳐서 환경 고갈 속도가 현저히 늦춰졌습니다. 설명서 제작에 걸린 기간과 동일하다는 걸 확인할 수 있습니다."

산업부서장이 재빨리 자료를 뒤져 보더니 바하티의 말이 옳다는 증거를 보여 주었다.

"이주 기간이 다가오거나 테라에 대한 새 연구 결과가 나오면 기부와 자원 봉사가 늘어납니다. 지금 확인해 봅시다."

테라부서장과 시민부서장, 재정부서장이 화면에 얼굴을 들이밀고 자판을 두드렸다. 내 옆에서 휴대용 단말기를 뒤지던 부하 직원들이 부서장에게 자료를 전송하는 모습이 보였다. 시민부서장이 믿을 수 없다는 듯이 의자에 기대었다.

바하티는 세 부서장의 화면을 모두 중앙으로 모았다. 시기가 완벽하게 일치했다. 다른 부서장들의 입에서 탄성이 새어 나왔다.

"우리는 테라에게 베풀면서 많은 위기를 극복해 왔습니다. '테라를 위해 노력할수록 우리 사회도 긍정적으로 변화하는 현상' 덕분입니다. 테라부서장님?"

"네, 바하티."

바하티의 부름에 타히탈립이 화들짝 놀라서 대답했다.

"테라부서는 이 현상을 무엇이라고 부릅니까?"

"'테라 신드롬'입니다. 신입 직원들이 이해하지 못하면 '선행의 순환'이라고 가르칩니다."

타히탈럽이 멋쩍게 대답했다. 부서장들이 모두 타히탈럽을 쳐다보았다. 뭘 하는지도 모르던 부서의 존재감에 놀란 것일까?

"테라를 도움으로써 재빌린은 점점 정의롭고 선한 공동체가 됩니다. 옳은 일은 반드시 옳은 일로 돌아오기 때문입니다. 이것이 우리가 테라를 돕는 이유입니다."

회의장이 다시 한 번 고요해졌다. 모두 머리가 복잡해 보였다. 허스트는 혼란스럽게 시선을 움직이고 있었다.

나도 마찬가지였다. 내가 무엇을 기대하고 재빌린에게 '이유'를 물었더라? 테라가 재빌린에게 쓸모가 있을 테니 투자해 보자고, 혹은 테라가 불쌍하니 도와주자고 대답하길 바랐을까.

확실한 것은, 재빌린이 무리해서까지 우리를 돕는 이유가 '선의는 돌아오기 때문에' 따위의 올바른 소리는 아닐 거라고 생각했다.

나는 문득 화를 내고 싶어졌다. 세상은 그렇게 돌아가지 않는다고 반박하고 싶었다. 하지만 재빌린의 세상은 정말 그렇게 돌아가고 있었다. 바하티가 증거를 보여 주었다. 선의가 돌고 돌며 재빌린을 이루었다.

불쑥 솟았던 화가 가라앉고 나니 눈물이 날 것 같았다. 어쩌면 나도 테라 신드롬 속에서 살고 있는지도 몰랐다. 내가 눈치

채지 못했을 뿐이지.

“자, 의견 조정을 시작하려고 합니다. 부서장님들을 제외한 인원은 퇴장해 주십시오.”

바하티가 말했다. 벽에 기대 있던 몇몇 직원들이 자리에서 일어났다. 나는 눈치를 살피다가 방을 빠져나왔다. 월이 어색한 걸음으로 뒤따랐다.

꼭 다시 올게요

“실례합니다.”

회의실 앞 의자에 윌과 앉아 있는데, 마스크를 쓴 직원 한 명이 다가와서 말을 건넸다.

“안녕하세요. 혹시 질문 하나만 해도 괜찮습니까?”

“물론이죠.”

나는 최대한의 호의를 끄집어내서 웃었다. 직원은 끼럭끼럭 웃더니 내게 일어나라는 듯이 손짓했다.

“보여 드리고 싶은 게 있습니다. 저는 테라부서에서 생산 시설을 테라 친화적으로 구성하는 방법을 연구하고 있습니다. 한눈에 작동 방법을 이해할 수 있도록 구성하려고 합니다. 가서 보고 직관적으로 이해가 되는지 알려 주십시오.”

나는 망설이면서 회의실을 곁눈질했다. 직원이 괜찮다는 듯이 말했다.

"의견 조정은 두 시간 넘게 걸립니다. 이 정도로 중요한 문제면 저녁이 돼야 끝납니다."

내가 망설이자 직원이 웃으면서 덧붙였다.

"정말이에요. 모두 퇴근을 했습니다. 부서장들이 퇴근 시간이 한참 지나서 나올 거라 그렇습니다."

나는 비로소 피식 웃었다. 어쩐지 건물이 조용하더라니. 다들 신나게 퇴근한 모양이었다. 직원을 따라서 엘리베이터에 올라탔다. 직원은 지하1층으로 향했다.

지하?

"생산 시설이 지하에 있나요?"

월이 물었다.

"시제품이 지하 연구실에 있습니다. 생산 시설은 여기서 셔틀 타고 한 시간 가야 합니다."

직원이 끼릭거리면서 손을 내저었다. 나는 따라 웃으면서 등허리에 꽂아 놓은 총을 쥐었다. 직원이 먼저 엘리베이터를 나설 때까지 기다렸다가, 조심스레 그를 따라서 복도를 걸었다.

지하에 연구실이 있다는 말은 진짜였는지 온갖 기호가 달라붙은 실험실들이 이어졌다. 대부분 테라부서의 소속인 모양이었다.

"도착했습니다. 들어오십시오."

직원이 방에 먼저 들어가서 손짓했다. 나는 문을 열어 둔 채로 그를 따라갔다. 방 안은 평범했다. 정말 연구실이었다.

방의 중앙에는 아무 곳에도 연결되지 않은 패널이 하나 놓여 있었다. 생산 시설에 응용할 거라더니, 붉은색과 초록색, 흰색 버튼들이 붙은 패널이었다.

패널을 지그시 노려보자 번역기가 우웅, 소리를 내며 작동했다. 버튼에 적힌 재빌린어가 테라어로 바뀌기 시작했다.

"저희가 뭘 봐 드리면 될까요?"

패널을 살피며 묻는데, 철컥 소리가 들렸다. 방금 패널 옆에서 있던 직원이 어느새 문을 밀어 닫고 있었다. 위기감이 확 치솟았다. 발꿈치가 저절로 들려서 문을 향해 달렸다.

하지만 직원이 더 빨랐다. 그는 순식간에 손을 뻗더니 패널에 연결된 버튼을 하나 눌렀다. 시선이 저절로 패널로 향했다. 번역기가 마침내 작동을 마쳤다. 이제 직원의 손가락 아래에 자리한 버튼을 읽을 수 있었다. '수감'이었다.

윌의 손을 붙잡고 달려가서 문고리를 돌렸다. 문고리가 철컥, 하고 반항했다.

직원이 외쳤다.

"열지 마십시오!"

나는 위협의 출처를 재평가했다. 문고리를 얼른 놓고 재빨리 총을 뽑았다. 직원은 제자리에 얼어붙었다. 항복하겠다는 듯이 양손을 얼굴까지 들어 올린 채였다. 뭔가 이상했다. 왜 공격하지 않지? 가두는 것만이 목적이었나?

낯선 행성, 모르는 방. 이성이 얼어붙기 시작했다. 별안간 요란한 기계음이 울렸다. 나는 총을 움켜쥐었다. 등 뒤에서 윌의 얕고 빠른 숨소리가 들렸다. 무언가 우리를 공격한다면 바로 지금이라고 생각했다. 하지만 아무 일도 일어나지 않았다.

"뭡니까?"

나는 긴장을 풀지 않고 직원을 향해 다가갔다. 여기에 들어오는 순간부터 속았을까? 바하티의 연설도 직원들의 환대도 우리를 안심시키려는 수작이었나? 여차하면 당장 저 사람을 인질로 잡고 도망쳐야 했다.

"해치지 않습니다. 바하티가 보냈습니다."

직원이 침착하게 말했다.

오른쪽에서 커다란 움직임이 일었다. 나는 움찔 놀라서 총구를 오른쪽으로 돌렸다. 벽의 일부가 열리고 있었다. 있는 줄도 몰랐던 문이었다. 문 너머에는 아틀랜틱 선실 하나 크기의 방이 있었다.

"주언!"

나는 달려드는 사람을 와락 마주 안았다. 눈을 감자 가슴 깊은 곳에서부터 떨리는 숨이 터져 나왔다.

라힘이었다. 얼굴이 상처로 가득했다.

“어떻게 여기 계세요?”

“나도 몰라. 이상한 우주선에 태우더니 여기로 데려왔어. 도착해서는 여기에 가둬 놓고 다 가 버렸어.”

라힘이 횡설수설 대답했다. 윌은 라힘의 상처를 살피느라고 여념이 없었다.

“누가요?”

“모르는 재빌린들이. 이거 봐. 납치해다가 가뒀으면서, 통역기는 줬어.”

“그럼 나가요. 다들 숙소에서 기다리고 있어요. 우리가 얼마나 걱정했는데요.”

라힘의 손을 잡아끄는 나를 직원이 막아섰다.

“잠시 기다리십시오. 이 연구실에 접근하는 사람을 발견하면 체포하려고 지켜보는 중입니다. 조금 더 협조해 줄 수 있습니까? 바하티가 부탁했습니다.”

“하지만…….”

“주언, 괜찮아. 나도 바하티를 만나 봤어. 너희랑 어떤 거래를 했는지도 들었고.”

라힘이 나를 말렸다.

“이건 우리한테도 중요한 일이야. 누가 우리를 공격했는지 알아낼 수 있잖아. 빨리 체포할수록 우린 빨리 이주할 수 있어.”

맞는 말이었다. 하지만 인정하고 싶지 않았다. 괜히 불만스러운 목소리가 나왔다.

“어쩌다가 여기까지 잡혀 온 거예요?”

“나는 무너지는 벽을 피해서 옆방으로 넘어갔었어. 뒤늦게 돌아가려다가 낙오된 거야.”

“왜 합류하지 않았어요? 저랑 월은 꽤 오래 연구실에 있었는데요.”

“그러려고 했어. 그런데 도중에 정신을 잃고 쓰러졌던 것 같아. 눈을 떴더니 여기였어.”

도중이라. 그렇다면 낙오된 라힘을 누군가 지켜보고 있었다는 설명이 되었다. 우리가 프티아에 도착하기 전부터 잠복하고 있었다는 건가?

나는 팔다리가 긴 실루엣을 기억했다. 그때는 괴생물체로만 보였지만 이제는 정체를 알았다. 재빌린이 분명했다.

“주언.”

월이 부르는 소리에 생각이 깨졌다.

“이제 돌아가. 가능하면 바하티가 국장님이랑 이야기를 나누게 해 줘. 국장님은 재빌린의 존재도 알고 우리를 걱정하니까, 도움이 될 거야. 내 걱정은 하지 말고.”

라힘은 엷은 웃음을 짓고 있었다. 월이 눈물을 참는지 입을 꾹 다물었다.

"꼭 다시 올게요."

약속하고서야 라힘의 손을 놓을 수 있었다. 우리가 방에서 나오자 직원이 패널을 조작해서 문을 닫았다. 라힘이 닫히는 문틈으로 손을 흔들었다. 나는 이를 부득 갈았다.

직원은 우리를 다시 회의장 앞으로 안내했다. 그가 숙소로 돌아가서 쉬겠냐고 물었지만 거절하고 회의장 건너편 벤치에 앉았다. 여기에 라힘이 있었다. 멀어지고 싶지 않았다.

머릿속에서 라힘의 모습이 떠나지 않았다. 꽤 충격받은 것 같았는데, 막내들 앞이라서인지 겁먹은 기색은 숨기려고 애쓰고 있었다.

"라힘을 납치하는 일이 쉬웠을 리가 없어."

난 윌에게 말했다.

"그걸 어떻게 알아?"

윌이 속삭여 물었다. 재빌린에 대해 잘 아는 것은 아니지만, 그들이 움직이는 모습을 보면 어느 정도는 감이 왔다.

"재빌린은 완력이 약해. 여기서 사용하는 물건의 내구성이 우리 악력을 버티지 못한다는 것도 몇 번 느꼈어."

"그렇다면 재빌린 한두 명이 라힘을 납치하는 건 거의 불가능하겠네. 라힘은 우리 중에서도 힘이 세니까."

윌이 동의하듯이 덧붙였다.

라힘은 스물셋에 아카데미에 입학해서, 졸업 후에는 환경생태학 교수로 일했다. 그는 겉보기에는 마냥 성격 좋은 아저씨 같았다. 합숙 내내 삼시 세끼를 차려 주고 청소까지 도맡으며 허허 웃었으니, 나도 가끔 그가 솜털 같은 사람이라고 착각했다.

하지만 라힘은 자연스럽게 침대를 한 손으로 들어 올리고 다른 손으로는 비질을 하는 사람이었다. 유연성이 요구되는 체력 단련 코스를 힘으로 뚫고 나갈 수 있는 정예 요원이기도 했다. 테라인 치고도 힘이 센 편이었다.

"게다가 납치당할 당시에 라힘은 총을 가지고 있었지. 그런데 나는 라힘이 있었다는 방향에서 총성을 듣지 못했어. 쏘지도 못하고 잡혀갔다는 뜻이겠지."

"그게 중요한 거야?"

윌이 헷갈린다는 듯이 물었다. 나는 고개를 끄덕였다.

"죽일 생각이었다면 한 명으로도 충분했잖아? 총을 쏘면 되니까. 처음부터 납치할 계획이었다는 거야."

"대체 왜 그랬지?"

윌이 중얼거렸다. 나도 그 점을 알아낼 수가 없었다. 힘들게 납치한 라힘을 지하에 가두고 들여다보지도 않는 이유가 뭘까? 우리는 각자 고민에 빠진 채로 한동안 침묵을 지켰다.

해가 완전히 지고 나서야 회의가 끝났다. 지친 얼굴로 회의실을 나온 바하티는 우리와 줄곧 함께 앉아 있던 직원과 시선을 교환했다. 직원이 고개를 끄덕였다. 라힘에 대해 알려 주었다는 뜻인 듯했다.

"어떻게 됐나요?"

자리에서 일어나며 물었다. 바하티는 숨을 깊게 내쉬었다.

"조건부 찬성입니다. 재빌린는 즉시 지원자를 모집해서 사흘 후에 파견할 겁니다. 여러분이 늦어도 3주 내에는 이주할 수 있도록 준비하겠습니다."

"조건은 뭐죠?"

바하티가 순간 눈을 피하더니 어렵사리 입을 열었다.

"여러분이 타고 온 우주선으로 가도 되겠습니까? 이주국장과 이야기를 나누고 싶습니다."

테라가 할 수 있는 일

경비행기가 문 앞에서 윌과 나를 기다리고 있었다. 바하티와 타히탈립, 직원들 몇 명과 함께 경비행기를 타고 도시를 벗어나 들판으로 갔다. 아틀랜틱에서 테라의 본부와 연락을 취할 수 있었다.

바하티와 타히탈립이 우리와 함께 아틀랜틱에 올랐다. 그들은 아틀랜틱의 내부를 보고 말을 잃었다. 말라 붙은 핏자국, 곳곳에 구겨져 있는 소독 키트의 포장지, 급하게 포드를 넣고 빼느라 바닥이 긁힌 자국. 엉망이었다.

윌이 조종석의 통신기로 본부를 호출했다. 잡음이 이어지다가 이내 대답이 돌아왔다.

—본부입니다! 탐사대 보고하세요!

평소보다 한 옥타브가 높아진 국장의 목소리였다. 보고가 끊긴 지 벌써 24시간이 다 되어 갔다. 월이 횡설수설 상황을 설명하다가 이내 내게 눈빛을 보냈다. 도와 달라는 뜻이었다.

"여기서 잠깐 기다리실래요?"

나는 식탁 의자로 바하티와 타히탈립을 안내했다. 국장이 극도의 흥분 상태로 월에게 질문을 쏟아 내는 것을 보아 하니, 시간이 조금 걸릴 듯했다.

우리는 국장의 질문에 침착하게 대답했다. 그는 상황을 파악하자 빠르게 냉정을 되찾았다. 마지막으로 바하티가 국장과 대화하기를 원한다고 말하자, 국장은 당황하며 말을 멈추었다가 얼떨떨한 기색으로 승낙했다.

통역기를 착용하고 대기하던 바하티가 다가와서 조종석에 앉았다.

"재빌린의 바하티입니다. 반갑습니다."

—반갑습니다. 우리 대원들을 도와주어서 고맙습니다. 이주 지원에 조건을 걸었다고 들었습니다만.

국장은 침착하게 말하려고 노력하면서도 여전히 혼란스러운 듯했다. 재빌린을 어떻게 대해야 할지 확실히 결정하지 못한 느낌이었다.

"먼저, 테라 반대 세력 체포 지원은 내가 개인적으로 하는 부탁입니다. 알다시피 기밀이니, 재빌린이 공식적으로 거는 조건은 추가로 있어야 합니다."

월이 손가락으로 벽을 톡톡톡 두드리면서 불안한 시선으로 바하티를 쳐다보았다. 등 뒤로 그의 손을 붙잡고 바하티의 말을 기다렸다.

"그 조건은, 인력 제공입니다. 재빌린이 새 행성을 찾아내는 데는 탐사대를, 프티아를 정비하는 데는 이주 요원을 보내 주십시오."

월이 얼어붙은 시선으로 바하티를 응시했다. 믿을 수 없다는 표정이었다. 나도 마찬가지였다. 재빌린의 탐사를 도와야 한다니. 주변 행성들의 위치를 파악하고, 하나씩 조사하고, 가능성이 보이는 행성이면 착륙해서 개간해야 한다. 우리가 할 수 있을까?

국장은 침묵을 지켰다.

"여기까지 다른 우주선을 보내기가 곤란하다면, 재빌린에서 이타카로 이주 요원들을 데리러 가겠습니다. 국장님은 요원들의 동의를 받고 책임자를 한 명 선발해 주기만 하면 됩니다."

—그건…… 테라가 할 수 있는 일입니다.

국장이 어렵사리 말했다. 맞는 말이었다. 이주 요원들은 애초에 아무것도 없는 산간이나 해안을 도시로 개간해야 한다고 알고 있었다. 모두 각오한 일이었다. 맨땅에 도시를 짓는 거대한 작업을 말이다.

외계인들과 함께 일하게 될 거라는 사실에 불안해할 수는 있겠지만, 불안이 오래 가지는 않을 것이다. 재빌린은 수상할 만큼 우리에게 호의적이니까. 재빌린을 좋아하게 될 가능성이 더 높았다. 그리고 아카데미를 수료했으니 재빌린의 존재에 대한 비밀도 지켜 줄 것이다.

"좋습니다! 다음 주 중에 우주선을 보내면 어떻겠습니까? 오백 명 내외를 선정해 주면 됩니다."

—예. 준비가 되는 대로 연락을 드리겠습니다. 잠깐 노바 대장과 이야기할 수 있을까요?

"노바는 함께 오지 않았습니다. 부상에서 회복하고 있어서, 주언과 윌이 대신 동행해 주었습니다."

—그럼 두 사람과 얘기하겠습니다.

"알겠습니다."

바하티가 조종석에서 일어났다.

"천천히 대화 나누십시오. 기다리고 있겠습니다."

바하티는 내게 속삭인 뒤 타헤탈립과 함께 조종실에서 빠져나갔다.

—어떻게 생각하십니까? 탐사대가 반대한다면 거절할 겁니다.

국장이 굳게 결심한 목소리로 말했다. 윌이 눈을 마주쳐 왔다. 두려움으로 눈동자가 흔들리고 있었지만, 도망치려는 사람의 표정은 아니었다. 다른 대원들도 같은 생각일 것이다. 그러니 내가 겁이 난다고 해서 이 유혹에 굴복해선 안 되었다.

"탐사대는 모두 동의했습니다. 테라를 위해 필요한 일이라면 뭐든 하기로 약속했어요."

국장은 잠시 말을 잇지 못했다. 그리고 이내 담담하게 말했다.

―고맙습니다.

국장이 먼저 통신을 끊었다. 윌이 떨리는 숨을 내쉬었다. 나는 조종실 바깥에서 어색하게 서 있는 바하티를 찾아 들어오라고 손짓했다.

"괜찮습니다. 들어오세요."

바하티에게 모질게 굴고 싶지 않았다. 바하티와 함께 돌아온 타히탈립이 아틀랜틱에 비상 전원을 넣어 주었다.

아틀랜틱을 몰아 숙소 옆의 공터로 갔다. 우리가 재빌린의 탐사선을 몰고 우주를 헤매는 동안 아틀랜틱은 이곳에 있을 것이다. 우리가 돌아오기를 기다리면서.

깨진 화분

낯익은 직원이 가져다준 곡물 블록으로 저녁 식사를 마쳤다. 테라에서도 키우는 품종인지 익숙한 맛이 났다. 식사 후에는 곡물 블록의 부스러기를 치우고 노바의 노트를 올려놓았다. 우리는 아카데미에서처럼 탐사에서 맡을 역할을 분담했다. 우주선 합숙 중에 지금까지 지켜 왔거나 새로 더하고 싶은 규칙을 정리했다.

얼마 지나지 않아 바하티가 찾아왔다. 그는 발사대에서 만반의 준비를 마친 탐사선의 이미지를 보여 주었다. 이번에 나갔던 탐사대가 실종된 후 새로 만든 탐사선이라고 했다. 탐사선의 정면에는 재빌린 25라는 이름이 적혀 있었다.

공학자들이 우주선의 구조와 조작법을 가르쳐 주었다. 슈란과 미겔이 설명을 듣는 동안, 다른 대원들은 구명정을 모는 법을 배웠다. 비상사태를 대비해서 구명정마다 재빌린으로 귀환할 만큼의 연료가 들어 있었다.

비로소 실감이 났다. 우리가 멀고 먼 우주로 떠나게 될 거라는 사실이.

준비를 마치고 나니 벌써 한밤중이었다. 타히탈립이 우리를 숙소로 데려다주었다.

"왔어?"

보름이가 창문 앞에서 파닥이다가 다가왔다.

"새 탐사선은 어때?"

"믿음직해. 신기한 기능이 많고."

보름이는 타히탈립이 맡아 주기로 결정했다. 그가 아무리 테라에 관심이 많아도, 보름이를 해체해 보려고 들지는 않겠지. 바하티가 신경을 써 주기로 약속했으니 괜찮을 것이다.

타히탈립과 노바와 거실에서 이야기를 나누는 동안, 나는 침대에 걸터앉아서 멍하니 밖을 내다보았다. 재빌린 25에 짐을 모두 실어 두고 와서 정리할 물건조차 없었다.

머리는 한없이 시끄러운데도 졸음이 왔다. 생각해 보니 아주 오랜만에 자는 것이었다. 탐사를 나오기 전 아틀랜틱에서 잔 게 마지막이었나? 키오의 털로 만든 이불은 놀라울 만큼 부드러웠다. 저절로 눈이 감겼다. 보름이가 팔 아래로 파고들었다.

숨을 세게 들이쉬며 깨었다. 얼마나 잤지? 눈을 떠 보니 앞이 새빨갛게 밝았다. 요란한 경보음이 울리고 있었다. 거실로 뛰쳐나가니 타히탈립이 침착하게 말했다.

"진정하세요. 심각한 일은 아닐 겁니다. 경고음이 무섭게 들리시겠지만, 전력 끊김을 대비해서 외출을 삼가라는 뜻입니다. 보통은 혼란을 예방하는 차원일 뿐입니다."

"예방 차원이라고요?"

슈란이 거실 건너편, 테라스로 내다보이는 도시를 가리켰다. 커다랗고 맹렬한 불길이 도시 한가운데에서 번지고 있었다.

타히탈립이 황급히 테라스로 달려가서 밖을 살폈다. 창문을 열자마자 비명 소리와 사이렌 소리가 몰려왔다. 도시 전체가 정전되었는지 불이 난 곳만 환했다.

"저게 어디예요?"

노바가 타히탈립에게 물었다.

나는 불이 번지는 모습을 하나하나 뜯어 보았다. 하얗게 타오르는 넓은 부지와, 막 불이 옮겨붙는 까마득한 건물이 보였다. 건물의 위치를 확인한 타히탈립의 녹황색 얼굴이 흙빛이 되었다.

"발전소입니다. 불이 옮겨붙은 곳은 주거 단지입니다."

"구조대가 가겠죠?"

윌이 초조하게 물었다. 윌은 본능적으로 발꿈치를 들썩이고 있었다. 타히탈립은 어쩔 줄 모르고 거실을 오가면서 화재를 살폈다.

"이상합니다. 구조대가 보이지 않습니다."

"정전이 되어서 늦어지는 거 아니에요?"

내가 대답했다. 물에 둘러싸인 우리 마을도 정전이 잦았는데, 정전과 동시에 신고 전화가 빗발쳐 경찰서와 병원을 마비시키곤 했다.

"구조대가 안 오는 이유를 알 것 같습니다."

타히탈립이 화재 현장을 노려보면서 말했다.

"왜요?"

"최근에 구조 시스템을 자동화했습니다. 아마 이번 정전에 대한 대비가 안 되어 있었던 것 같습니다."

등골이 오싹해졌다. 주거 단지에 불이 났는데, 구조대가 가지 않는다고?

"우리라도 가야 하지 않을까? 아틀랜틱을 타자."

윌이 금방이라도 뛰어나갈 듯이 발을 동동거리며 말했다.

"아틀랜틱이 손상될 수도 있어. 우리 중에 누군가 부상이라도 입으면 탐사에 지장이 생길 거야."

슈란이 윌을 막아섰다. 맞는 말이었다. 하지만 불이 너무 맹렬하게 타고 있었다.

"주언의 의견이 중요해. 탐사 중 위급 상황에서 일어나는 대원들의 안전에 대한 사항이잖아요. 그렇죠?"

나는 고민했다. 고민은 길어지지 않았다.

"가요."

월이 간절한 표정으로 노바 대장을 쳐다보았다. 노바는 나와 눈을 맞추더니 느릿하게 고개를 끄덕였다.

대원들은 곧장 발을 떼어서 달리기 시작했다.

급하게 뛰어나가는 통에 건물 입구에 서 있던 다카 화분이 넘어졌다. 깨진 화분을 피하려다가 다카를 밟는 바람에 긴 이파리 뭉치가 뚝 끊어졌다. 한 번 끊기면 다시 살아나지 않는다고 했는데. 다카를 죽이다니.

월을 선두로 건물을 빠져나갔다. 급한 곳부터 때워 놓은 아틀랜틱이 공터에서 쉬고 있었다. 수란이 재빨리 시동을 걸었다. 나머지 대원들이 자리에 앉는 동안, 월과 나는 쓸 만한 물건이 있는지 창고를 뒤졌다.

슈란이 시뻘건 불길을 향해서 아틀랜틱을 몰았다. 우리는 침착하게 불길을 마주보았다. 이타카에서도 언제나 불확실성과 함께 살아왔으니, 이 정도는 이겨 낼 수 있을 것이다.

높다란 건물에 가까워지자 창문에서 손을 흔드는 거주민들과 어쩔 줄 모르고 건물을 둘러선 재빌린들이 보였다.

"더 가까이 대 봐."

열과 유독 가스를 막기 위해 우주복을 입은 윌이 아틀랜틱의 문을 열면서 말했다. 슈란이 조종간을 꺾어서 아틀랜틱을 기울였다. 윌은 우주 유영용 안전 끈을 몸에 묶고, 새빨간 실내로 뛰어내렸다. 나도 우주복을 뒤집어쓰고 그를 따라 나섰다.

쓰러진 재빌린들을 양 팔로 둘러메고, 안전 끈을 당겼다가 놓았다. 몸통이 홱 당겨지며 발이 떠올랐다. 안전 끈이 빠르게 감기면서 나를 아틀랜틱으로 끌어당겼다. 재빌린들을 내려놓고 대원들을 확인했다. 모두 분주하게 움직이고 있었다.

“포드를 가져올게.”

미겔이 포드실로 달려가면서 외쳤다. 노바가 조종실에서 바하티에게 연락을 했다. 슈란은 구명정을 분리해서 타고 옥상으로 향했다.

“주언!”

노바가 외쳤다. 나는 무언가가 폭발하는 소리를 뚫고 조종석으로 달려갔다.

“바하티가 도움을 요청했어. 구조 시스템이 완전히 마비되어서, 비상 인력은 대부분 발전소로 갔나 봐. 여기를 우리가 맡아줄 수 있냐고 물어보는데.”

—주언, 다른 층으로 가자. 여기는 다 봤어.

윌이 우주복의 통신 라인으로 말했다. 노바가 바하티에게 연결되는 통신 버튼을 누른 채 기다리고 있었다.

"네 의견을 듣고 싶어. 어떻게 하고 싶어?"

당연히 돕고 싶었다. 하지만 여기서 바하티의 제안을 받아들이면 이 건물은 우리 책임이 되고, 더 나아가 테라의 책임이 될 것이다. 재빌린이 겨우 테라를 돕기로 결정한 마당에, 우리가 실수라도 하면? 사상자가 한 명이라도 나오면? 재빌린이 직접 투입된다면 발생하지 않을지도 모르는 피해가 우리의 손에서 나올지도 몰랐다. 가만히 있는 편이 더 나을지도 몰랐다.

하지만 재빌린은 지금까지 우리를 위해서 옳은 일을 했다. 이번에는 우리 차례였다.

"우리가 하면 좋겠어요."

노바가 곧장 바하티에게 말을 전했다. 아틀랜틱으로 돌아온 월이 품에 안고 있던 재빌린 한 명을 내려놓았다. 월은 다시 아틀랜틱의 입구로 돌아서서 숨을 고르며 나갈 자세를 취했다. 그리고 내게 물었다.

"준비됐어?"

나는 아틀랜틱이 얼마나 높이 날고 있는지 떠올리지 않으려고 이를 꽉 물었다. 그리고 턱에 힘이 들어가 불분명해진 목소리로 대답했다.

"준비됐어."

아틀랜틱이 기다렸다는 듯 다음 층의 창문을 향해 기울어졌다. 우리는 다시 새빨간 불길로 뛰어들었다.

되돌아오는

나는 응급실 구석에 털썩 주저앉았다. 온몸이 욱신거리고 뻐근했다. 윌이 내게 차가운 물병을 건네주었다.

"고생했어."

우리는 지친 채로 주먹을 툭 부딪쳤다. 윌도 내 옆에 풀썩 앉았다. 응급실이 마침내 소강상태로 접어들었다.

우리는 아틀랜틱과 구명정에 부상자들을 가득 실은 채 재빌린의 병원까지 날아왔다. 응급실에 손이 모자라서, 연신 달려가며 응급 처치까지 도왔다. 긴장이 풀리자마자 피로감이 몰려와 손끝도 까닥할 수가 없었다.

"주언 님!"

바하티가 응급실 문을 벌컥 열고 달려왔다. 그는 우리를 발견하자마자 무릎에 힘이 빠졌는지 주저앉았다.

"주민들은……"

"괜찮아요. 전부 빼냈어요."

내가 대답하자 바하티가 손바닥에 얼굴을 묻었다. 윌이 바하티의 어깨를 어색하게 토닥여 주었다.

바하티는 평소와 달라 보였다. 셔틀을 타지도 않고, 뒤에 수행원들을 줄줄 달지도 않았다. 직접 발전소 화재 현장을 뛰어다녔는지 얼굴이 재투성이였다. 바하티가 우리에게 허리를 숙였다.

"감사합니다."

우리는 지나친 호의를 받은 사람들처럼 화들짝 놀랐지만, 서로를 위해서 의연하게 감사 인사를 받았다. 바하티는 인사를 끝내자마자 코 밑을 주먹으로 문질렀다. 몰래 울었던 모양이다. 바하티는 표정을 가다듬고 응급실 곳곳을 누볐다.

주민들이 모두 안전한지 확인한 후, 바하티가 응급실 구석에 주저앉았다. 나는 바하티에게 아이스팩과 물을 내밀었다.

"어깨를 데신 것 같은데, 그거라도 대고 계세요."

바하티가 슬픈 듯 끼릭대었다. 그는 우리에게 옆에 앉으라고 손짓했다.

"여러분이 알아야 할 일이 있습니다."

바하티가 한숨을 내뱉으면서 어깨에 대고 있던 아이스팩을 내려놓았다.

“화재 현장에서 폭탄의 잔해를 찾았습니다. 누군가 고의로 발전소를 폭파했다고 의심됩니다. 발전소가 완전히 망가지지는 않았지만 위력이 상당했습니다. 폭발 직후에 도주하는 재빌린이 목격되어서, 그 자도 찾고 있습니다.”

나는 충격을 숨기지 못했다. 선함으로만 살아가던 재빌린의 세계에 테러라니. 윌이 국장의 눈치를 살폈다.

“테라 지원 반대 세력일 겁니다. 지난 발전소 폭발 사고를 재현해 테라를 지원하는 명분을 해치려 했다고 추정됩니다. 하지만 여론은 바뀌지 않았습니다. 적어도, 폭파범이 원했던 방향으로는.”

“그게 무슨 말씀이세요?”

윌이 물었다. 바하티는 잔기침을 하고 물을 마셨다.

“발전소를 복구하고 주민들을 치료하는 데 천문학적인 금액이 들 겁니다. 인력도 마찬가지입니다. 프티아 정돈을 미루자는 의견이 있었습니다. 당장의 사고를 수습한 후에 재개해야 한다고요.”

“그럼 저희는요?”

윌이 다급히 물었다.

“저는 비상 예산을 동원할 생각이었지만, 그럴 필요가 없게 되었습니다. 여러분이 주민들을 구조한 사실이 알려졌습니다.

일전에 주민들에게 투표를 받기 위해 여러분의 상황을 알렸던 것, 기억합니까?"

나는 고개를 끄덕였다. 부서장 회의에서 주민 투표 결과를 고려하기 위해서, 주민들에게 테라의 상황을 알려 주었다고 했다. 재빌린 모두가 우리의 급한 사정을 알고 있었다.

"기부금이 들어왔습니다. 대부분의 주민들이 힘을 보탰습니다. 테라는 예정대로 이주할 수 있습니다."

"바하티가 옳았어요."

나는 멍하니 말했다.

"정말 돌아오네요."

바하티는 내가 빼먹은 주어를 짐작한 눈빛이었다. 테라 신드롬. 선행은 되돌아온다.

곧 바하티의 수행원이 찾아와 빨리 치료받으라고 잔소리를 하며 바하티를 끌고 갔다.

바하티를 배웅하고 멍하니 서 있으려니 윌이 내 소매를 잡아당겼다. 순순히 자리에 앉아서 머릿속을 뒤적였다. 마음이 복잡했다. 인정받은 것 같기도 하고, 민망하기도 하고, 바하티의 모습에 적응이 되지 않아서 당황스럽기도 했다.

나는 서서히 바하티의 감사 인사가 의미하는 바를 깨달았다.

'내 결정이 옳았어.'

내 판단을 믿고 결정했지만 실패하지 않았다. 이제 우리는 떳떳하게 테라를 구할 수 있었다. 갑자기 눈물이 터져 나왔다. 나는 재빌린으로 가득한 응급실에서 한참 동안 숨죽여 울었다.

15년, 24번

다음 날 아침, 수많은 재빌린들이 광장에 모였다. 재빌린이 잔뜩 올라탄 탐사선이 먼저 떠났다. 그들은 테라에 들러 이주 요원들을 태우고 프티아로 향할 것이다.

다음으로는 우리가 재빌린 25에 올랐다. 재빌린들은 자신들 만큼이나 우리를 걱정 가득한 눈으로 바라보면서 행운을 빌어 주었다.

"본부, 여기는 탐사대. 이륙 준비가 되었습니다."

노바가 계기판을 누르며 보고했다.

―테라 이주국, 확인했습니다.

―재빌린 이주부, 이륙을 허가합니다.

국장과 허스트가 차례로 대답했다. 국장은 탐사대를 통솔하고, 허스트는 항로와 선체를 관리할 예정이었다. 예상되는 탐사 기간은 네 달이었다.

재빌린의 탐사선은 아틀랜틱보다 안정적이었다. 시스템이 튀어서 조종석이 발칵 뒤집히는 일이 없었다. 하지만 우리는 습관처럼 돌아가며 조종석을 지켰다.

"보초는 잘 서고 있어?"

슈란이 조종실로 들어오면서 내 어깨를 톡 두드렸다.

"언니, 우리가 탐사를 잘할 수 있을까?"

"왜 못할 거라고 생각해? 아카데미에서 필요한 내용은 다 배웠잖아."

슈란은 의아한 표정으로 나를 보았다.

"우리가 재빌린의 일을 대신할 수 있을지 모르겠어. 지금까지 탐사라든지, 행성 개간이라든지, 테라의 힘으로 했다고 생각한 것들이 있잖아. 그게 전부 재빌린의 선물이라는 걸 알고 나니까 자신감이 떨어지는 건지."

"글쎄. 우리가 재빌린보다 나은 부분도 있어. 어제 봤잖아? 재빌린은 비교적 안정된 환경에서 지내 왔으니까 우리가 위기에 더 강했지."

슈란이 오묘한 미소를 지으며 말을 이었다.

"나는 이런 생각을 하는 게 나뿐인 줄 알았네. 우리 막내도 같은 생각을 하고 있었구나?"

"언니도 생각해 봤어?"

"그랬지. 우리가 스스로 해내는 일이 없다면 테라의 정체성은 어디에서 확인해야 하는지, 고민해 봤어."

나는 발끝을 내려다보았다. 내 새로운 고민마저 슈란에게는 과거라는 사실이 조금 불공평하게 느껴졌다. 슈란은 이미 대답마저 알고 있는 것 같았다.

"넌 테라 문화가 재빌런의 단순한 복제품이라고 생각해?"

슈란이 물었다.

의외로 대답이 바로 생각났다.

"적어도 오롯이 우리가 만든 건 아니라고 생각해. 물려받고 발견해서 이해했을 뿐이지."

"아카데미에서도 그렇게 생각했어?"

슈란이 발끝을 경쾌하게 까닥이면서 물었다. 나는 당황해서 반문했다.

"갑자기 아카데미 이야기가 왜 나와?"

"테라는 몇 백 년 동안 천체물리학을 연구했어. 우리는 천체물리학을 아카데미에서 딱 12년 배웠을 뿐이야. 몇 백 년의 연구가 아니었다면, 우리는 우주선을 지을 수 없었을 거야. 남의 도움 없이 오롯이 할 수 있는 건 없지 않을까?"

슈란이 밖을 내다보며 손에 든 컵을 빙글빙글 돌렸다. 슈란의 말을 찬찬히 곱씹었다. 입속에서 도움, 하고 단어를 굴려보았다. 재빌린이 제공한 세상이 우리의 전부가 아니다.

"그래. 우리가 잘 해낼지도 모르겠어."

나는 말했다. 슈란이 내 머리를 싹싹 문질러서 머리카락을 마구 헝클어트렸다. 나는 고개를 흔들어서 피하려다가 잠자코 있었다. 슈란의 표정이 다정했다.

"난 재빌린에 대해 오래 생각해 봤어. 너는 내 15년 어치의 고민을 5분 만에 가져간 거야. 이제 내 15년을 잘 이용해서, 앞으로 나보다 더 현명한 통찰을 해 봐."

슈란이 내 어깨에 팔을 두르면서 말했다. 민망함과 따뜻함에 몸이 굳었다.

"잠깐. 저게 뭐야?"

슈란이 떨리는 목소리로 말했다. 정면에 심상치 않은 물체가 보였다. 우리의 경로를 정확히 가로막는 위치였다. 나는 황급히 달려가서 조종간을 꺾었다. 선체가 덜컹이면서 간신히 항로가 틀어졌다. 모두가 뛰쳐나왔다.

"무슨 일이야?"

가장 먼저 뛰쳐나온 노바가 물었다. 나는 긴급 제동으로 멈추어 선 선체의 움직임을 느끼며 안도의 한숨을 내쉬었다.

우리가 가야 하는 경로에 불 꺼진 탐사선이 멈추어 있었다. 슈란이 선체에 적힌 탐사선의 이름을 읽어 주었다.

"재빌린 24."

우리는 일제히 입을 딱 벌렸다. 실종된 탐사선이었다.

"어떻게 하죠?"

미겔이 혼란스러운 표정으로 노바에게 물었다.

"고장 난 것 같지는 않은데, 왜 멈춰 있는지 알겠어?"

노바가 미겔에게 되물었다. 미겔은 창문마다 고개를 가져다가 대어 보며 재빌린 24를 살폈지만, 결론을 내지 못했다.

"모르겠어요. 이 거리에서는 알아낼 수 없어요."

잠시 침묵이 내려앉았다. 모두가 같은 생각을 하고 있었다.

"아직 살아 있을까?"

슈란이 말했다. 재빌린이 계획한 탐사 기간은 아직 끝나지 않았다. 아주 처참한 사고가 일어난 것이 아니라면, 재빌린 24는 모두가 생존하기에 충분한 자원을 싣고 있을 것이었다.

"경로에서 벗어나면 위험해."

미겔이 어두운 표정으로 말했다.

"그럼 경로에서 벗어나지는 말자. 구명정으로 살펴보는 정도는 괜찮지 않을까? 만약에 살아 있다면……."

윌이 말꼬리를 흐렸다.

살아 있다면, 어떻게 하지? 하루 빨리 탐사를 진행해야 했다. 우리가 행성을 찾아야만 재빌린도 테라도 이주할 수 있었다. 살았을지 죽었을지 모르는 재빌린들을 구하러 갔다가 나중에 연료가 부족해진다면? 오랫동안 불안에 떨었을 재빌린들이 우리를 위협적으로 대한다면? 최악의 경우 탐사선을 탈취한다면?

위험했다. 우리 모두의 목숨이 위험했다.

하지만 이제 모두가 자연스럽게 떠올리는 선택지가 있었다. 점점 고민하는 시간이 짧아졌다. 테라는 언젠가 주저 없이 옳은 일을 하는 종족이 될 수 있을지도 몰랐다.

"슈란이랑 주언, 가서 우주복 착용하고 와."

노바가 조종실로 돌아가면서 말했다. 우리는 서로를 마주보고 고개를 끄덕였다.

부서진 구명정

까만 요원복 위에 플라스틱 소재의 벨트를 끼웠다. 벨트에 달린 버튼을 누르자 벨트에서 석유가 뿜어져 나와 몸을 감쌌다. 슈란이 구명정에 먼저 앉아서 조종간을 쥐었다. 구명정의 문을 닫자 미겔의 목소리가 들렸다

—통신 확인.

"확인."

슈란이 굳은 목소리로 대답했다.

나는 숨을 고르게 쉬려고 노력했다. 미겔이 구명정을 분리하는 철컹 소리가 들렸다. 구명정과 탐사선 본체의 연결이 끊어졌다. 슈란이 천천히 구명정의 조종간을 밀었다.

재빌린의 조종 방식은 직관적이었다. 앞으로 밀면 앞으로, 뒤

로 밀면 뒤로, 위아래로 누르면 위아래로. 비상시에 누구든지 운용할 수 있어야 하기 때문이라고 들었다. 내가 혼자서 구명정을 타고 돌아올 일이 없어야 할 텐데.

구명정이 천천히 재빌린 24에 가까워졌다.

우리는 본래 구명정이 연결되는 곳부터 살폈다. 입구의 주변으로 뭉툭한 손가락 같은 연결점이 네 곳 보였다.

"선내에서 연결을 허락해 주어야 하는데."

"아냐. 외부에서 접근할 수 있는 방법이 있을 거야. 아틀랜틱과 패시픽에도 조종석의 캐노피를 열 수 있는 장치가 있잖아."

슈란이 조종석을 향해서 방향을 틀었다.

"저기."

조종석의 캐노피를 가리키며 말했다. 슈란은 조심스럽게 조종간을 당겨서 구명정을 회전시켰다.

마침내 조종실이 들여다보였다. 나는 숨을 헉 들이마셨다. 조종실에서 재빌린들이 우리를 향해 무어라 외치고 있었다. 입모양만 봐서는 알아들을 수가 없었다.

"어떻게 하지?"

슈란이 물었다. 다행히 재빌린들이 빠르게 머리를 짜냈다. 그들은 조종석 계기판 앞에서 아웅다웅하면서 바쁘게 움직이더니 구명정과 통신을 연결했다. 우리는 잽싸게 통역기를 끼웠다. 그들의 시스템이니 당연히 호환이 가능하다는 걸 떠올리지 못했다. 울먹이는 목소리들이 헬멧을 가득 울렸다.

—국장님이 보내셨나요?

—구조대입니까?

—도와주세요!

여러 목소리가 뭉쳐서 들렸다. 보아 하니 다친 재빌린들이 꽤 있어 보였다.

“다친 분이 있나요?”

—네! 연료가 부족해서 포드를 함부로 사용할 수 없습니다.

대장처럼 보이는 재빌린이 대답했다.

“연료는 우리가 옮겨 줄게요. 여기서 치료를 하고 재빌린 25로 넘어가기로 해요. 우리가 안으로 들어갈 방법이 있을까요?”

그들은 우리가 누구인지도 묻지 않고 구명정을 선체에 연결해 주었다.

귀환을 위해 사용한 건지, 원래대로라면 구명정이 달려 있어야 할 자리가 비어 있었다. 누군가 구명정을 타고 도움을 청하러 갔을까? 그 재빌린은 어떻게 되었을까?

문이 열리자마자 한 재빌린이 달려와서 자신을 소개했다. 재빌린의 탐사대장으로, 이름은 파닌이었다.

슈란은 파닌과 함께 다친 인원을 파악해서 포드로 직행했다.

“주언!”

슈란이 외쳤다. 나는 슈란에게 달려갔다. 슈란은 의식을 잃은 재빌린을 붙잡고 있었다. 재빌린 의료 요원과 슈란을 도와 부상자들을 안정시키고 보니, 한 시간이 훌쩍 지나 있었다. 뒤늦게 대원들이 걱정할 거라는 생각이 들었다.

나는 재빨리 구명정으로 돌아가서 미겔의 통신을 받았다.

―걱정했잖아!

미겔이 소리를 버럭 질렀다. 노바가 안도의 한숨을 내쉬는 소리가 고스란히 들렸다. 윌은 조용히 눈을 내리감고 있겠지.

"괜찮아. 여기 재빌린이 아홉 명 있는데, 우리 탐사선으로 데려가야 할 것 같아. 인원이 늘어날 테니까 여기서 물자나 연료도 옮겨서 가지고 갈게."

미겔이 노바에게 허락을 구하는 소리가 들렸다. 노바는 길게 고민하지 않고 찬성했다.

―부상자가 많다고?

"네. 거의 다 부상자예요."

―좋아. 그럼 위독한 재빌린은 우리가 데려와서 포드에 넣어 두고, 괜찮은 재빌린은 구명정에 실어서 재빌린으로 돌려보내자. 거기에도 포드가 있니?

"있어요. 옮길 수 있을까요?"

미겔이 문제없다는 결론을 내렸다. 재빌린 25를 가까이 붙이겠다는 말까지 들은 후에 통신을 종료했다. 마음이 급해서 달려오긴 했지만 슈란을 혼자 두고 싶지 않았다.

조종실로 돌아가니 파닌이 초조한 표정으로 기다리고 있었다.

"저희 조종사가 선체를 이리 붙인대요. 이 선체에는 구명정이 없나요?"

"지금은 없습니다."

"그럼 우리 구명정을 보내라고 할게요. 포드도 실어 봐요."

파닌이 재빌린 몇 명을 불러서 말을 전달했다. 그들은 파닌의 지시에 따라 부상당한 재빌린을 옮기기 시작했다. 마지막으로는 포드를 옮겼다.

이제 재빌린 24에는 우리, 그리고 몸이 성한 재빌린 둘이 남았다. 우리는 '바드루'라는 재빌린의 지시에 따라 창고에서 필요한 물건들을 꺼내서 구명정에 실었다. 기기와 서적이 주를 이루었다.

"여기는 다 살펴보았습니다."

파닌이 창고 문을 닫으며 말했다.

"두 번째 창고에도 가야 합니다. 식량과 생필품은 두 번째 창고에 보관합니다."

바드루가 덧붙였다. 슈란이 구명정에 남은 공간을 떠올려 보는 듯이 구명정 방향을 보며 눈을 가늘게 떴다.

"구명정에 공간이 부족하겠어요."

"그렇다면 지금까지 실은 물건들을 여러분의 탐사선에 옮기고 오겠습니다."

파닌이 자원했다. 슈란이 고개를 끄덕였다.

"그동안 우리는 두 번째 창고를 살펴보고 있을게요."

내가 제안했다.

"바드루가 안내할 겁니다."

파닌이 구명정을 향해 발걸음을 떼면서 바드루에게 손짓했다.

바드루가 고개를 끄덕였다. 우리는 구명정이 재빌린 24에 도착하는 광경까지 확인한 후 바드루를 따라 나섰다. 그는 아까보다 넓은 창고를 열어 주었다. 그동안 정리를 못했는지 다소 흐트러진 상태였다.

"주언, 이거 필요할까?"

슈란이 접촉 탐사용으로 보이는 조끼를 꺼내면서 물었다. 방검복인 듯했다. 나는 대답하려다가 멈추었다. 서랍과 바닥 사이에 무언가 들어가 있었다. 뭔가 눈에 익었다. 바드루 몰래 살펴야 했다.

"주언?"

슈란이 다시 불렀다. 나는 재빨리 시치미를 떼었다.

"뭐라고? 못 들었어."

"조끼도 필요하겠냐고. 우리도 탐사복 여분이 있긴 하지?"

"탐사복이야 더 있으면 좋지. 근데 이거 저쪽 창고에도 있지 않았어?"

바닥에 시선을 주지 않으려고 노력하면서 대답했다.

"있었습니까? 물품이 뒤섞였으면 큰일입니다."

바드루가 당황해서 되물었다.

"정신 없이 지내다가 섞였을 수도 있어요. 우리 창고도 난장판이었거든요."

슈란이 의도치 않게 지원 사격을 했다.

"확인하고 오실래요? 저는 여기를 살펴보고 있을게요."

난 기회를 놓치지 않고 둘을 내보냈다. 바드루는 안절부절못하면서 슈란을 이끌고 사라졌다. 슈란이 뭔가 심상치 않다는 걸 눈치 챈 듯했다. 슈란이 시간을 끌어 주겠지.

둘이 멀어지자마자 바닥에 주저앉았다. 서랍의 한 구석, 반짝이는 금속 물체가 보였다. 주변에서 긴 막대기를 주워서 서랍 밑을 훑었다.

금속 물체가 모습을 드러냈다. 총열이 긴 총이었다. 낯설지만 처음 본 물건은 아니다. 뿌옇게 먼지가 오르는 실내에서 이 총구를 마주보았었다. 공격자가 총에 맞은 손을 붙잡고 비명을 질렀던 걸 기억한다. 여기에 숨겨져 있는 총의 방아쇠가 산산이 부서진 것이 과연 우연일까? 아까 구명정을 타고 간 재빌린들 중에 손에 붕대를 감은 이가 있었다. 어설프게 탄창을 열자 나란히 끼워진 총알들이 보였다.

나는 금색으로 반짝이는 총알들을 자세히 살폈다. 눈에 익었다. 금색, 손가락 두 마디 길이, 직각과 곡선이 섞인 글씨가 새겨진 바닥. 이제 보니 알겠다. 재빌린어였다. 바하티에게 총알을 건넬 때는 문자를 알아보지 못했다. 포드가 노바의 상처에서 이 총알을 끄집어냈을 때도 몰랐다.

'지금은 구명정이 없다고 했지. 일부가 라힘을 데리고 재빌린으로 돌아가기 위해 구명정을 가져간 거야.'

내가 총알을 들고 얼어붙은 사이에 슈란이 돌아왔다. 나는 재빨리 총알을 주먹에 숨겼다. 슈란이 안심하라는 듯이 손바닥을 들어 보였다.

"바드루는 물자 목록 확인하라고 보냈어. 너 왜 그래?"

"이걸 찾았는데."

슈란에게 총을 보여 주었다. 슈란은 총을 보자마자 충격에 빠진 얼굴로 입을 딱 벌렸다. 당시에 부상을 당해서 제정신이 아니었던 슈란도 총은 기억하는 듯했다. 이 정도면 확실했다. 슈란은 말문이 막힌 채 총을 가리켰다.

"같은 총인 거 같지?"

슈란이 혼란스러운 표정으로 고개를 끄덕였다. 바드루가 돌아오는 소리가 들렸다.

나는 총을 가장 가까운 상자에 쑤셔 넣었다. 슈란이 가까운 곳에 놓아 둔 탐사복으로 총을 가렸다. 바드루는 우리의 어색한 웃음을 의심하지 않았다.

"다행히 섞이지는 않았습니다. 필요한 물건을 정했습니까?"

"네. 구명정은 돌아왔나요?"

슈란이 감쪽같이 거짓말을 하면서 앞으로 나섰다.

"곧 도착합니다. 저쪽에서 출발했습니다."

조종석 앞 유리를 통해서 다가오는 구명정이 보였다. 나는 얼른 상자를 안아 들었다.

"이것만 있어도 될 것 같아요."

"정말입니까? 여기에 더 중요한 물건이 많습니다."

"우선 돌아가서 동료들과 상의해 볼게요. 바로 출발하진 않을 테니까, 천천히 정리해 넣으면서 확인하도록 하죠."

바드루가 수긍했다. 슈란이 바드루를 앞세워서 구명정에 올랐다.

나는 구명정이 재빌린 25에 연결되는 소리에 맞추어 심호흡을 했다. 지금부터는 근접전이었다.

사고의 끝

"다치지 않은 재빌린들은 우리 탐사를 도와줄 의향이 있대. 부상자들이 안정되는 대로 재빌린 본부에 보고할 거야."

재빌린 25로 돌아오자마자 노바가 말을 쏟아 놓았다. 슈란과 나는 노바를 따라 공용 공간으로 빠르게 걸었다.

"연료가 부족할 수도 있겠다 싶었는데, 가까운 항성에서 빛으로 충전할 수 있다더라. 우리는 충전을 하면 되니까, 우리 연료를 재빌린들 구명정에 옮겨 주려고. 물자는 어때? 충분해?"

나는 애써 태연하게 상자를 슈란에게 넘겨주면서 주변을 살폈다. 재빌린들은 포드실에 모여 있는지 눈에 띄지 않았다.

윌은 그들을 도우러 간 모양이고, 미겔은 조종간에서 파닌과 함께 경로를 상의하고 있었다.

"난 포드실에 가 볼게. 언니가 말씀드려."

슈란이 고개를 끄덕이며 노바에게 눈짓했다. 노바가 심상치 않은 분위기를 느꼈는지 눈빛을 바꾸었다.

나는 포드실에서 윌을 불러냈다. 그리고 노바의 눈짓을 따라서 빈 방으로 숨어들었다.

슈란이 상자를 바닥에 턱 내려놓았다. 총열이 상자에서 삐죽 튀어나왔다. 이미 상황을 전달받은 듯, 대원들은 놀라지 않았다. 윌만 충격받은 눈치였다.

"이 중에 주모자가 있을 리는 없어. 아마 명령을 듣고 따른 사람들이겠지."

노바가 추론을 꺼내들었다.

"그걸 어떻게 아세요?"

"라힘이 여기에 없으니까. 저 우주선은 구명정이 없다고 했지? 조난당하기 전에, 일부가 라힘을 데리고 재빌린으로 돌아간 거야."

노바는 확신에 차 있었다. 으리는 고개를 끄덕였다.

"지금 재빌린에서 라힘을 지켜보고 있는 사람이 배후일 거야. 바하티가 지하로 라힘을 확인하러 왔던 재빌린을 쫓고 있다고 했지?"

"네. 마지막에 듣기로는 아직 아무도 만나지 않았다고 했어요."

윌이 대답했다.

“테라를 공격할 이유가 있고, 탐사대의 일부를 포섭할 수 있고, 라힘을 납치해서 정부 건물에 숨길 정도로 힘이 있는 재빌린이겠죠.”

슈란이 주먹을 쥐었다 펴면서 정리했다. 세 사람의 시선이 일제히 윌과 나에게 꽂혔다.

“너희, 의심 가는 재빌린 있어?”

“잘 모르겠어요. 부서장 회의에서 테라 지원을 반대했던 부서장들이 있었는데, 그들 중에 한 명일지도 몰라요.”

내가 말하자 윌이 동의하듯이 고개를 끄덕였다. 노바가 차분히 눈을 내려 떴다.

“바하티한테 연락해야겠다.”

“통신을 받는 재빌린은 바하티가 아니라 허스트잖아요. 허스트도 테라 지원을 반대했어요. 허스트 몰래 바하티에게 말을 전하는 건 불가능해요.”

“그리고 바하티에게도 섣불리 말할 수는 없어요. 증거가 필요해요.”

윌이 지적했다. 노바가 수긍하고 물었다.

“어떻게 증명할 수 있지?”

“총?”

미겔이 반신반의하듯이 대답했다. 노바가 애매하다는 듯이 입매를 비틀었다.

프티아에서 공격당할 때 저 총을 보았다는 사실만으로 바하티를 설득할 수는 없다. 우리의 증언에 완전히 의존하는 증거니까.

"자백?"

윌이 중얼거렸다. 슈란이 자리에서 벌떡 일어났다.

"좋아. 잠깐 나갔다 올게요."

"뭘 하려고?"

"아무나 한 명 잡아 오려고. 일단 총을 찾았으니까, 캐묻다 보면 한 명쯤은 자백하지 않겠어?"

슈란이 소매를 걷어붙이며 방을 나섰다.

"협박하지는 말자."

미겔이 혼잣말처럼 말했다. 대원들 사이에 공명 같은 동의가 일었다. 슈란은 고개를 끄덕였다. 윌이 슈란의 옷자락을 잡았다.

"슈란, 파닌을 데려와."

"파닌? 대장?"

"파닌이 공격에 일조하지 않았다면 우리를 도우려고 할 거야. 우리가 바하티한테 보고하기 전에 대원들의 결백을 증명하고 싶을 테니까."

"일조했다면?"

"그럼 제대로 데려온 셈이니까 자백을 받아야지."

잠시 후, 슈란이 파닌을 데리고 연구실로 들어왔다. 우리는 그가 가장 구석 자리에 편하게 앉도록 안내했다.

"혹시 배터리는 없으세요? 비상 전력 삼아서 구명정마다 실어 두려고 하는데요."

"아, 위층 창고에 조금 있습니다. 바드루가 위치를 알고 있습니다."

파닌이 자연스레 자리에 앉으면서 대답했다.

"무기는요?"

슈란이 물었다. 노바가 슈란의 질문을 반복하듯이 눈썹을 들어 보였다. 파닌은 눈을 천천히 깜빡이며 대답했다.

"아, 무기는 우선 방검복 여벌이 몇 벌 있고……."

우리는 움직여서 문을 막고 섰다. 파닌의 얼굴이 점점 짙은 녹색으로 변했다. 얼굴에서 핏기가 사라지는 것이리라.

"설명하시겠습니까?"

슈란이 방아쇠가 부서진 총을 들어 보이며 물었다. 파닌이 우리를 돌아보았다. 누구라도 편을 들어 주기를 바라는 듯했다. 물론 그럴 사람은 없었다.

오랫동안 우주에 조난당하며 몸도 마음도 약해졌을 파닌은 압박을 오래 버티지 못했다.

"테라 탐사대가 실종되게 하라고 했습니다. 대원이 사라지면 탐사가 중지된다고 했습니다. 이주를 한 번이라도 못하면 테라는 멸종하지 않습니까. 테라를 없애려면 탐사를 막아야 한다고 했습니다. 제발 쏘지 말라고 해 주십시오!"

파닌의 말이 점점 빨라지더니, 슈란을 가리키며 노바에게 외쳤다. 슈란의 표정이 점점 살벌해지고 있다는 걸 우리도 느끼고 있던 참이었다.

"그래서요?"

노바가 무심하게 되묻자 파닌은 절박해졌다.

"구명정으로 경로를 이탈해서 한 명만 납치해 오면 된다고 했습니다. 죽이지 않아도 된다고 했습니다. 거절할 수가 없었습니다. 우리가 어떻게 거절하겠습니까?"

나는 허리를 숙여 파닌과 눈높이를 맞추었다.

"누가요?"

파닌이 커다랗게 뜬 눈으로 나를 마주보았다. 나는 눈에 힘을 주고 파닌의 시선을 맞받아쳤다. 그의 입술이 달싹이더니 한 이름이 흘러나왔다.

"허스트……. 이주부서장입니다."

"바하티 앞에서 증언할 수 있습니까?"

"네."

파닌이 눈을 꼭 감으면서 대답했다.

나는 천천히 자리에서 일어났다. 총을 받아든 미겔과 파닌을 두고 방에서 빠져나왔다. 노바가 깊은 숨을 내쉬고 말했다.

"허스트가 이주부서장 맞지? 바하티랑 같이 나와서 우리를 배웅한 재빌린."

"맞아요. 사실상 재빌린의 2인자로 보였어요. 바하티가 테라를 돕는 걸 싫어했고요. 탐사대를 시켜서 우리를 공격할 권한도 있고, 바하티 몰래 정보원을 둘 권력도 있을 거예요."

나는 허스트를 처음 만났을 때 그가 말 한마디로 직원들을 흩었던 모습을 떠올렸다. 같은 직급의 타히탈립은 애먹던 일이었는데, 허스트는 아주 수월하게 해냈다. 허스트는 재빌린에서 강력하고 중요한 존재였다.

"우선 바하티에게 알리고 올게. 생각해 봤는데, 우리 본부를 통해서 말을 전하면 될 것 같아. 국장이 바하티랑 단독으로 할 말이 있다고 하면 허스트가 물러나겠지."

"그럼 저희는 다른 재빌린들을 가둬 놓을게요."

슈란이 내 팔을 잡으면서 말했다. 노바가 고개를 끄덕이고 조종실로 향했다.

우리는 탐사선 곳곳에서 재빌린들을 찾아냈다. 슈란이 도움을 청하면서 재빌린을 한 명씩 불러내면, 총구를 들이대서 창고에 몰아넣고 문을 잠갔다. 포드실에서 의식 없이 치료중인 재빌린들은 포드에 묶었다.

순순히 응하는 재빌린도 있고, 겁먹은 듯한 재빌린도 있고, 미안하다고 무릎부터 꿇는 재빌린도 있었다. 슈란은 아랑곳 않고 공평하게 문을 닫아 버렸다.

마지막 재빌린을 가두고 손을 터는데, 선내 방송으로 노바의 목소리가 들렸다.

테라 탐사대, 조종실로 오세요.

노바는 무시무시한 표정으로 조종실에 앉아 있었다. 우리는 노바에게 다가갔다.

"왜 그러세요?"

노바가 직접 들으라는 듯이 통신기를 가리켰다. 바하티가 연결되어 있었다. 바하티가 패닉에 빠진 목소리로 말했다.

—발전소를 폭파시킨 재빌린을 찾았습니다. 그는 실종되었다고 알려졌던 탐사대원 중 한 명입니다. 그곳에서 여러분이 발견한 재빌린은 몇 명입니까?

"아홉 명입니다."

슈란이 대답했다. 바하티는 안도한 듯이 한숨을 내쉬었다.

—그렇다면 더 잡아야 할 공범은 없군요. 탐사대는 본래 열 명입니다. 그들 중 한 명이 라힘을 데리고 재빌린에 돌아와 은신하다가, 지시를 받고 발전소를 폭파했습니다 우리는 그가 재빌린에 몰고 온 구명정을 발견했습니다.

"그거 다행이네요."

노바가 석연찮게 말하자, 바하티가 헛웃음을 지었다.

—배후는 허스트라고 합니다. 순순히 자백했어요. 양쪽의 말이 일치하니, 의심할 수도 없게 되었습니다. 발전소를 폭파하면 '사고도 수습해야 하는데, 테라는 포기하자'고 할 줄 알았답니다.

"바하티의 짐작이 맞았군요."

—네. 그도 테라의 탐사대원들이 주민들을 구해 버릴 줄은 몰랐을 겁니다. 이렇게 일을 서두른 것은, 테라의 이주를 막으려고 무리수를 둔 것 아닐까 싶습니다. 빠르게 이주하지 못하면 테라가 사라지지 않습니까.

"지금이라도 알았으니 다행이네요. 체포하셨나요?"

노바가 물었다. 바하티는 잠깐 멈추었다가 빠르게 대답했다.

—허스트가 사라졌습니다.

"예?"

슈란이 되물었다. 심장이 발끝까지 떨어진 듯했다.

바하티가 말을 이었다.

—최대한 빠르게 대응했지만 늦었습니다. 다행히 지하에 있던 여러분의 동료는 무사히 빼돌렸지만…….

바하티가 숨을 빠르게 가다듬고 말했다.

—아틀랜틱도 사라졌습니다. 여러분이 타고 온 탐사선 말입니다.

슈란이 우주선의 속력을 급하게 높였다. 우리는 휘청거리면서 서로를 바라보았다.

"왜?"

미겔이 당황해서 물었다. 미겔만 빼고 모두가 상황을 이해한 것 같았다.

"이타카로 간 거야!"

울컥한 슈란이 외쳤다.

"쫓기는 수배범이 왜 테라로 가는데?"

미겔이 이해할 수 없다는 듯 물었다.

이번에는 내가 열이 올라서 소리치고 말았다.

"허스트는 테러를 일으켜서 재빌린들을 다치게 해서까지 우리 이주를 막으려고 했어. 왜 그랬는데?"

답을 연결해 낸 미겔이 입을 닫았다.

허스트는 테라가 재빌린에게 해악이라고 생각한다. 우연인 척 테라를 끊어 내려는 노력이 실패했으니, 이제 직접 손을 쓸 것이다.

"이타카로 돌아간다. 당장."

노바가 명령했다. 우리는 누가 먼저랄 것도 없이 자리에 앉아 엔진을 가동했다.

증거

허스트가 이타카로 향했음을 전해 들은 국장은 이주 요원들을 모두 호출해 경계 태세를 갖추었다. 테라 모두가 긴장 상태였다.

“바하티. 얼마나 걸리십니까?”

노바가 물었다. 바하티가 통신 반대편에서 대답했다.

—테라 시간으로 여섯 시간 후에 도착합니다. 초광속 셔틀을 탔어요. 이 속력이 최선입니다.

“저희는 그보다 삼십 분 이르게 도착할 것 같습니다. 어떻게 하길 바라십니까?”

바하티가 고민 끝에 결정했다.

—테라의 방식을 따르겠습니다. 우리도 최대한 빨리 가겠습니다.

그리고 혹시, 파닌과 이야기를 나눠도 되겠습니까?

"거절하겠습니다."

노바가 딱 잘라 말했다. 바하티는 얼른 설명을 덧붙였다.

—이타카의 모든 시설은 허스트의 관리하에 지어졌습니다. 그는 이타카를 여러분보다 훨씬 잘 압니다. 파닌 대장도 이주부서 소속이고 허스트만큼의 지식이 있으니, 체도에 도움이 될 겁니다.

"이주부서 소속이라면 허스트와 뜻을 같이하는 사람이 아닙니까?"

슈란이 의심스레 물었다. 예의를 차리긴 했지만 정중과는 거리가 먼 말투였다.

—장담컨대 누구도 허스트와 뜻을 같이하지는 않을 겁니다. 적어도 지금은 말입니다.

바하티가 씁쓸하게 말했다. 바하티가 이미 재빌린의 상황을 어느 정도 정리하기 시작했다는 느낌이 왔다.

—파닌은 유능합니다. 테라 탐사대를 공격한 일에 대한 재판도 앞두고 있습니다. 분명히 협조할 겁니다.

우리는 노바를 일제히 쳐다보았다. 노바는 도리어 우리의 표정을 살피더니, 승낙했다.

미겔과 내가 파닌을 조종실로 데려왔다.

바하티는 노바와 파닌을 제외하고 방을 비워 주기를 부탁했다. 우리는 순순히 나왔다. 파닌이 얼마나 대단한 대장인지는 모르겠지만, 등 뒤에 총을 숨긴 노바의 상대는 되지 않았다.

노바를 걱정하는 대신, 허스트가 테라를 멸망시킬 수 있는 수십 가지 방법을 생각했다. 이타카는 이미 취약했다. 산사태 한 번이면 인구의 3분의 1이 토사에 휩쓸릴 테고, 해일 한 번이면 몰살이다. 허스트는 이타카를 자기 손바닥 보듯 알고 있었다.

'허스트에게서 도망치려면 어떻게 해야 하지?'

정면으로 맞부딪쳐서 이길 수 있을까? 그럴 리가 없다. 생각의 방향을 바꿔 보자. 재빌린을 이기려면 재빌린의 룰에서 벗어나야 했다. 재빌린이 지은 도시에서 나가야 했다. 우리 모두에게 동등하게 낯선 세계에서는 승산이 있다.

"마을에서 떠나야 해요."

나는 말했다. 모두 비슷한 생각을 하고 있었는지 아무도 의문을 제기하지 않았다. 슈란이 먼저 고개를 끄덕였다.

"어디로?"

미겔이 물었다. 완벽한 장소가 있었다. 재빌린의 도움을 받지 않고 테라가 직접 지은 것은 하나뿐이다.

"패시픽."

슈란이 나와 동시에 말했다. 패시픽은 우리가 고향 행성, 지구를 떠나올 때부터 소유하던 선박이다. 허스트가 직접 만져 본 적이 없으니 이해하지 못할 것이다.

"대장님!"

결론을 내리자마자 조종실로 들어갔다. 조종실에서는 파닌이 노바와 악수를 나누고 있었다. 두 대장은 비장하던 표정이 무색하도록 화들짝 놀라서 우리를 바라보았다.

"왜 그러는데?"

"패시픽이요!"

내가 앞뒤를 다 잘라먹고 던진 말인데도 노바는 바로 이해했다. 노바는 국장에게 말을 전했고, 국장은 잠시 상황을 따져 본 후 동의했다.

—이주 요원들을 보내서 주민들을 패시픽으로 대피시키겠어요. 당장 이륙시키면 허스트가 공중에서 접근하더라도 발견하고 대처할 수 있겠죠. 여러분은 허스트의 위치를 파악하세요.

이타카가 눈에 들어왔다. 낯익은 행성, 세 개의 섬. 우리는 조종석에 앉아서 안전띠를 매었다. 본부에 보고를 마친 슈란이 착륙을 시작했다. 정겨운 도시가 시야를 덮쳐 왔다.

우리는 서둘러 재빌린 25에서 내렸다. 재빌린이 온갖 방법을 동원해서 아틀랜틱을 추적한 끝에 허스트의 위치를 파악했다. 그는 오스만 섬의 구석에 몰래 착륙했다.

우리는 건물 사이사이에 몸을 숨겨 가며 조심스레 접근했다. 주민들이 대피한 마을은 고요하고 스산했다. 슬슬 찝찝한 의문이 들었다.

허스트의 목적이 뭐지? 지금이야 테라를 다 죽이는 게 목적이었지만, 그 전에는?

"물어보고 싶은 게 있어요."

나는 조용히 말했다.

"지금?"

"예감이 좋지 않아요. 빨리 말할게요."

노바가 서두르라는 듯이 눈짓했다.

"재빌린은 우리를 직접 만나 본 적 없죠?"

내가 묻자 슈란이 조용히 대답했다.

"그랬지. 타히탈립이 조사한 걸 보여 줬는데, 우리가 살고 있는 동안 테라의 행성에 와 본 적은 없었어. 우리랑 마찬가지로 간접 조사를 했지."

"그럼 왜 라힘을 납치했을까요?"

"이주를 늦추려고 그랬다며. 바하티가 말했잖아."

월이 강하게 속삭였다. 나는 주변을 살피면서 다시 물었다.

"아니, 왜 하필 '납치'를 했냐고. 왜 탐사대를 몰살하지 않았는데? 우리가 당황하는 사이에 죄다 쐈으면 되잖아. 그럼 테라는 자연스럽게 멸망했겠지."

슈란이 뭔가 깨달은 듯 멈칫했다.

"맞아요. 좀 이상해요. 파닌이 했던 말 기억나세요? 죽이려는 의도는 아니었다고 했잖아요."

윌이 미심쩍은 목소리로 거들었다.

"그게 왜 중요한데?"

노바가 빠르게 속삭여 물었다.

"중요해요."

무언가가 어긋난 구석이 있었다. 생각을 제대로 정리하려고 노력하면서 모두를 향해 물었다.

"대원이 실종되면 탐사를 전격 중지한다는 규칙, 아는 사람이 몇 명이나 되죠?"

중지 조건은 우리를 위해서 마련된 일종의 정서적 보호구다. 절대 우리를 사지에 내모는 게 아니라는 보장. 허스트는 테라 탐사대 중 한 명이라도 실종되면 '탐사가 중지된다는 것'을 알고 있었다. 하지만 대중에게는 중지 조건이 알려지지 않았다. 탐사대가 언제든지 발을 뺄 수 있다는 인식을 주었다가 대중의 신뢰를 잃을 수 있으니, 철저히 기밀로 두었다.

"허스트가 이주국의 정보에 접근할 방법을 알고 있어요."

윌이 조용히 짚어 냈다. 정적이 흘렀다. 그렇다면 허스트는 주민들이 패시픽으로 도망친다는 사실도 알고 있을 것이다.

"패시픽으로 가야겠다. 허스트도 거기에 있을 거야."

노바가 무전기를 허리춤에 집어넣는 순간 이주국 건물에서 폭발음이 들렸다. 우리는 번개같이 고개를 들었다. 이주국에는 테라의 유일한 이착륙장과 패시픽이 있다. 그곳에 주민들이 모여 있었다.

"뭘 기다려요? 당장 가야죠!"

슈란이 앞장서서 달리기 시작했다. 대원들이 잽싸게 슈란을 따라 나섰다.

"잠깐만요!"

대원들이 의아한 표정으로 나를 돌아보았다. 나는 자리에 굳건히 서서 그들을 마주보았다.

"허스트를 무작정 잡아 봐야 소용없어요. 우리가 모르는 수를 써서라도 자기 목적을 달성할 성격인걸요. 확실히 포기시키려면 다른 방법이 필요해요."

"그렇다고 아무것도 안 할 수는 없잖아."

노바가 말했다.

"아무것도 하지 말자는 게 아니에요. 제대로 하자는 거죠."

"들어 보시죠."

슈란이 내게로 완전히 돌아섰다. 노바가 다급한 표정으로 이주국 방향과 나를 번갈아 보더니, 어렵사리 발을 멈추고 물었다.

"좋아. 어떻게 할까?"

나는 숨을 가다듬고 말했다.

"우리가 패시픽에 밀고 들어가서 허스트를 공격하는 건 악수예요. 허스트는 재빌린의 선행이 의미가 없다고 생각하잖아요. 그걸 증명하는 셈이 돼요."

노바는 미심쩍어하는 표정이었다. 나는 재빨리 말을 이었다.

"우리가 허스트를 공격한다면, 그리고 단번에 끝내지 못한다면, 허스트가 더욱 확신을 갖게 하는 꼴이에요. 허스트에게 동조하는 다른 재빌린이 생기지 않는다는 보장도 없어요."

"주언의 말이 맞아요."

월이 앞으로 나서면서 노바를 보았다.

"허스트는 확신을 갖고 싶은 거예요. 우리가 선한 일을 할 수 있는 종족이라고 보여 줘야 해요. 자기 주장이 흔들리는 순간 분명히 항복할 거예요. 재빌린은 선한 종족이잖아요."

노바는 우리의 주장을 재어 보는 듯했다. 짧은 침묵이 흐르고, 노바가 고개를 끄덕였다.

"좋아. 어떻게 하고 싶은데?"

"완벽한 증거가 있잖아요. 우리가 재빌린과 선행을 주고받는 종족이라는 증거."

한 무리의 재빌린들. 슈란과 월이 눈짓으로 노바에게 허락을 구했다. 두 사람은 '증거'를 데리러 착륙장으로 되돌아갔다.

우리는 본부의 계단을 뛰어 올라서 옥상에 들어섰다. 노바와 미겔이 숨을 몰아쉬며 뒤따라 왔다. 좁은 다리를 건넜다. 옥상에서 가까운 산의 중턱으로 이어지는 다리를 건너면, 산등성이가 무너져서 생긴 평지가 있었다.

이착륙장에 테라 주민들르 가득한 패시픽이 있었다. 이륙하기 직전이었다. 마지막으로 패시픽에 뛰어오른 우리를 알아본 이주 요원들이 눈을 휘둥그레 떴다. 노바가 손가락을 입술에 대어 그들이 반응하지 못하게 했다.

'조용히 들어가요.'

나는 입모양으로 말했다. 대원들이 긴장한 표정으로 고개를 끄덕이고, 걸음을 서둘렀다. 우리는 발소리를 죽이며 사람들 틈으로 걸었다. 겁먹은 사람들이 가득한 패시픽을 가로질렀다.

미겔이 패시픽의 핵심 시설 몇 가지를 짚어 주었다. 허스트가 패시픽을 망가트리기 위해 공격할 부품들. 우리는 가장 중요한 곳으로 먼저 향했다. 패시픽의 지하 중심에 서버실이 있었다.

"진입합니다."

미겔과 노바가 뒤에 바짝 따라붙었다. 서버실이 가까워졌다. 나는 숨을 고르고, 총을 똑바로 들었다. 몸을 틀어서 서버실의 내부를 겨누었다. 서버실의 가장자리를 따라서 폭약이 줄지어 놓였다. 그 중앙에 허스트가 있었다.

"안녕하세요, 부서장님."

"탐사대는 정말 많은 일을 하는군요."

허스트가 테라어로 말했다. 그의 결심이 느껴졌다. 그는 서버실에 위치한 컴퓨터를 흘끗 보았다. 손에 작은 버튼을 들고 있었다. 그가 버튼을 누르는 순간 패시픽은 운석처럼 곤두박질 칠 것이다.

망설이다가 천천히 총을 내렸다. 바로 지금이었다. 내가 한 사람 몫을 해야 하는 순간.

허스트가 나를 경계하면서 방향을 바꾸어 섰다.

"보세요. 저는 부서장님을 공격하러 온 게 아니에요."

"그럼 내가 테라를 공격하는 걸 내버려두러 왔습니까?"

"부서장님과 이야기를 나누러 왔어요."

"이야기라."

허스트가 총을 다잡았다.

"좋아요. 빚이 있으니까 들어 주죠."

"부서장님은 지금도 옳은 일을 하시네요."

허스트의 표정이 뒤집히듯이 변했다. 상처를 받은 걸까?

"예. 옳은 일입니다. 지금 테라를 끊어 내지 않는다면 재빌린은 계속 테라를 대신해서 다치고 죽어 갈 것입니다."

"아니에요. 그 반대입니다."

"말해 보십시오."

허스트가 고개를 까딱였다. 이것이 허스트가 허락하는 마지막 기회라는 것을 느낄 수 있었다.

"재빌린은 항상 테라를 도왔죠. 테라는 재빌린에게 받은 만큼 돌려주려고 합니다."

허스트의 눈빛이 살짝 흔들렸다. 나는 문 밖에서 들려오는 발소리에 귀를 기울였다. 증거가 다가오고 있었다. 슈란과 월이 제시간에 도착한 것이다.

"바하티가 말씀하셨던 것처럼, 선은 돌고 돌아야 마땅하니까요. 이것이 제가 준비한 증거입니다."

서버실의 문이 삐걱거리며 열렸다. 여러 명의 발소리가 둔탁하게 겹치면서 다가왔다. 나는 가장 앞에 서 있는 재빌린의 손을 잡아서 허스트에게 이끌었다.

"파닌."

허스트가 눈을 크게 뜨고 말했다.

"부서장님, 멈추세요."

파닌이 고개를 저으면서 허스트에게 다가갔다. 허스트가 초점이 사라진 눈으로 파닌을 보았다.

"죽은 줄 알았습니다."

"테라의 탐사대가 탐사 중에 경로를 바꾸어서 구조해 주었습니다."

"대원들은요?"

허스트가 급하게 묻더니 방 안의 인원 수를 헤아리기 시작했다. 파닌이 안심하라는 듯이 손을 들어올렸다.

"모두 무사합니다. 테라의 도움을 받아서 포드를 가동했어요."

"재탐사는요? 테라가 살려 준 목숨이니 테라 때문에 무리하다가 잘못돼도 상관없다는 겁니까?"

허스트의 물음에 나는 침을 꿀꺽 삼켰다. 그 문제가 남아 있었지. 여전히 허스트가 사랑하는 이들은 탐사에 목숨을 걸어야 하니까, 테라가 어떻게 하든 허스트는 테라를 용서하지 않을지도 몰랐다.

하지만 파닌은 들뜬 목소리로 대답했다.

"못 보셨어요? 못 봤을 수도 있겠습니다. 테라에게 물려준 행성에 방문한 건 처음이니까요. 이주국 건물 바로 밑에, 테라가 가꿔 놓은 들판을 봤습니까?"

우리는 아무도 파닌의 말을 이해하지 못하고 그를 빤히 쳐다보았다. 이주국 건물 바로 밑이라면, 아카데미 건물이었다. 아카데미에는 들판이라고 부를 만한 것이 없었다.

파닌은 주머니에 손을 넣더니 무언가를 꺼내었다. 나도 질리게 뽑아 보았던 잡초 무더기였다. 다만 묘한 기시감이 들었다. 분명히 어딘가에서 본 적이 있었다. 슈란이 뭔가 알아차린 듯 탄성을 내었다.

"왜? 뭔데?"

윌과 내가 다급히 속삭여 물었다. 파닌이 먼저 대답했다.

"행성 가득히 다카가 자라고 있습니다. 우리는 분명 이곳에서 다카가 더는 자라지 않아서 떠났죠. 테라가 이곳에서 사는 동안 다시 자라났어요."

맙소사. 우리는 저것을 '얼살이풀'이라고 불렀다. 아무리 꺾고 베어도 다시 자라나니, 목숨이 열 개임이 분명하다는 뜻에서였다.

열살이풀은 사람이 부족해서 신경 쓸 겨를이 없는 건물의 틈마다 엉망으로 자라나며 길을 막는 주범이었다. 아카데미의 학생들이 가끔 자원해서 풀을 베고 길을 정돈하곤 했다. 나도 방학에 노약자들의 집 주변에서 열살이풀을 베는 봉사 활동을 해 보았다.

“테라 탐사대가 머물었던 숙소에 다카 화분이 있었는데, 기억하십니까?”

“현관에 있던 큰 화분이요? 화분이 깨져서 식물이 죽지 않았나요?”

나는 의아하게 되물었다. 화재 현장으로 달려가면서 화분을 짓밟았던 사고를 분명히 기억하고 있었다.

“잎이 끊어졌었죠. 그런데 다시 자라났습니다. 아마 탐사대가 재빌린에 옮겨온 작은 곤충이나 미생물 때문일 겁니다. 중요한 건, 테라인이 다카를 재생시킬 수 있다는 겁니다.”

허스트가 벌어진 입술 사이로 숨을 들이켰다. 키오가 먹을 수 있는 유일한 식물을 테라가 기를 수 있었다.

“우리는 이제 탐사에 나가지 않아도 됩니다. 주기적으로 테라와 행성을 교환하면 되는 거예요. 우리가 길들여 둔 도시에 테라가 들어와 살면 다카가 다시 자라날 것입니다. 다시는 키오를 굶기지 않을 겁니다."

파닌이 조심스레 다가가서 허스트에게 다카를 넘겼다. 그는 믿을 수 없다는 표정으로 손바닥의 다카를 쥐어 문질러 보았다.

"저는 부서장님이 이곳을 독파한다고 해도 여기에서 나가지 않겠다고 말하러 왔습니다. 테라에게 은혜를 갚기 위해서 말입니다."

허스트가 이해할 수 없다는 눈빛을 내게 돌렸다.

"왜 우리를 도와주었습니까? 경로를 이탈해서 재탐사가 실패하면 위험하지 않았습니까?"

나는 허스트가 진심을 느끼기를 바라면서 입을 떼었다.

"테라의 차례였어요."

허스트가 숨을 탁 뱉어냈다. 그의 가슴이 크게 오르내리는 모습이 보였다.

"테라를 위해 옳은 일을 해 주셔서 감사해요. 그래서 우리도 옳은 일을 할 수 있었습니다. 이번에는 국장님 차례예요."

"부서장님, 그만하세요."

"같이 재빌린으로 돌아갑시다."

재빌린 대원들이 거들었다. 그들의 뒤에 서 있던 바하티가 앞으로 나섰다. 덜덜 떠는 타히칼립도 따라 나왔다.

"저도 떠나지 않을 겁니다. 우리는 이제 테라에게 빚이 있습니다."

허스트는 테라를 위해 스스로를 인질로 삼은 재빌린들을 돌아보았다. 그는 파닌과 눈을 맞추더니, 버튼을 내려놓았다. 나는 허스트의 팔을 쥐어 수갑을 채웠다.

허스트는 반항하지 않고 대원들을 따라 서버실을 나섰다. 문득 돌아선 그가 나를 향해 말했다.

"증명해 주어서 고맙습니다."

허스트는 다시 돌아서서 복도를 걸어 사라졌다. 바하티는 괴상한 표정을 하고서 패시픽을 빠져나갔다. 명확히 해석하기는 어려웠지만, 아마도 감격을 숨기려는 표정 같았다.

나는 그의 등을 묘한 기분으로 바라보았다. 테라와 재빌린이 함께 발견할 미래가 눈앞에 보이는 듯했다.

첫불 켜기

가쁜 숨을 몰아쉬면서 계단을 올랐다. 마침내 까맣게 드러난 하늘이 보였다. 포르르 날아서 앞장선 보름이가 그 이름처럼 샛노란 달 같았다.

"빨리 와!"

미겔이 재촉했다. 나는 기진맥진한 슈란과 윌을 향해 손짓했다. 슈란은 이를 갈면서 발을 겨우 떼고, 윌은 먼저 올라가라며 손을 내저었다. 미겔이 옥상에 돗자리를 깔았다.

"아이고, 좀 눕자. 여긴 왜 엘리베이터를 안 놓는다니."

슈란이 앓는 소리를 하면서 돗자리에 드러누웠다. 우리는 조르르 따라 누웠다.

모두 자리를 잡기 무섭게 불꽃놀이가 시작되었다. 폭죽이 밤

하늘을 수놓다가 새하얀 도시로 곤두박질쳤다. 유리와 와이어로 만든 재빌린의 도시가 발밑에 있었다.

탐사대는 지난 몇 주간 재빌린과 함께 살았다. 적어도 프티아가 이주민을 받을 준비가 될 때까지는 같이 지낼 계획이었다. 테라의 이주 요원들과 재빌린의 자원자들이 부지런히 일하고 있었다.

테라 이주국과 재빌린 이주부서는 각자 개편에 들어갔다. 재빌린은 우리에게 행성을 길들이는 법을 가르쳐 주기로 약속했다. 구조물을 설치해 파도를 잠재우고 외계 생물을 쫓아내고, 적은 흙과 빛으로도 작물을 기르는 법을 알려 주었다.

재빌린의 요원들은 상당수가 테라부서의 일을 돕기 시작했다. 그들은 프티아에 머무르며 테라의 방식을 배우겠다고 말했다. 이제 한결 가까운 이웃이 되었으니, 우주 먼 곳의 새 행성보다는 코앞의 이웃들의 생활을 더 알아 가야 했다.

재빌린도 테라도 굶지 않을 날이 머지않았다. 타히탈립의 미소가 그칠 날이 없었다. 이주부서장직을 넘겨받은 파닌만 밤낮없이 결재를 하느라고 고생이었다.

허스트는 지금 재빌린 감옥에 갇혀 있다. 테라의 선처 요청과 오랜 업적을 고려해서 참작을 받았다. 충분히 반성한 후에는 자유를 찾을 수 있을 것이다. 재빌린은 선한 종족이다. 생각을 바로잡은 허스트도 마찬가지였다.

"도착했나?"

하늘이 고요해지자 미겔이 물었다. 월이 귀에 달고 온 통신기를 눌러 보았다. 그는 잠시 후 고개를 끄덕였다.

"다 왔대."

우리는 벌떡 일어나서 난간에 매달렸다. 아래는 마치 한밤중의 바다처럼 어두웠다. 고요히 작동하는 발전소의 불빛이 등대처럼 보였다.

"시계 있는 사람?"

슈란이 물었다. 나는 손목시계에 손전등을 비췄다. 5초가 간신히 남아 있었다. 재빌린이 그들을 처음 만나는 테라의 이주 요원들을 위해서 준비한 행사였다.

대기를 뚫고 패시픽이 다가왔다. 창문마다 테라의 이주 요원들이 달라붙어 있었다. 타히칼립이 호언장담한 구경거리가 대체 무엇인지 기대하는 표정이었다.

초침이 정각에 닿자 도시가 순식간에 밝아졌다. 월이 조그만 소리를 내며 감탄했다. 나는 눈을 가늘게 떴다. 숨죽이듯 조용했던 건물들의 창문이 반짝였다. 마치 노란색 조명을 켜 놓은 본부를 중심으로 도는 은하처럼 보였다. 행복한 비명을 지른 보름이가 도시를 향해 날아갔다.

아카데미 숙소에서 잠들지 못하던 날들이 떠올랐다. 나는 두려웠다. 탐사대의 명성을 더럽힐까 봐, 테라를 실망시킬까 봐

무서웠다.

하지만 우리는 멈추지 않고 비행했다. 두려움을 딛고 아틀랜틱을 몰아 우주를 가로질렀다. 그리고 친절한 이웃을 발견했다. 이제 확신할 수 있었다. 이건 분명히 인류 최고의 탐사였다.